HIM军团系列

④ 幽灵病毒

[新西兰]马可·切维顿◎著

熊芸萱◎译

时代出版传媒股份有限公司
安徽科学技术出版社

中文简体字版权由上海高谈文化传播有限公司所有

［皖］版贸登记号：12212005

图书在版编目（CIP）数据

幽灵病毒 /（新西兰）马可·切维顿著；熊芸萱译 .—合肥：
安徽科学技术出版社，2021.10
（我的世界·HIM 军团系列）
ISBN 978-7-5337-8512-3

Ⅰ.①幽… Ⅱ.①马… ②熊… Ⅲ.①儿童故事—新
西兰—现代 Ⅳ.①I612.85

中国版本图书馆 CIP 数据核字（2021）第 174931 号

WO DE SHIJIE HIM JUNTUAN XILIE YOULING BINGDU
我的世界·HIM 军团系列·幽灵病毒

［新西兰］马可·切维顿 / 著
熊芸萱 / 译

出 版 人：丁凌云	选题策划：张 雯 郑 楠	责任编辑：郑 楠 李梦婷	
特约编辑：宣慧敏	责任校对：程 苗	责任印制：廖小青	
装帧设计：叶金龙			

出版发行：时代出版传媒股份有限公司　　http://www.press-mart.com
　　　　　安徽科学技术出版社　　　　　　http://www.ahstp.net
　　　　　（合肥市政务文化新区翡翠路 1118 号出版传媒广场，邮编：230071）
　　　　　电话：（0551）63533330
印　　制：安徽新华印刷股份有限公司　电话：（0551）65859551
（如发现印装质量问题，影响阅读，请与印刷厂商联系调换）

开　　本：635×900　1/16　　印张：12　　　　字数：238 千
版　　次：2021 年 10 月第 1 版　　2021 年 10 月第 1 次印刷

ISBN 978-7-5337-8512-3　　　　　　　　　　定价：25.00 元

版权所有，侵权必究

阅读，从孩子的兴趣开始

很多孩子喜欢玩一款沙盒益智游戏——《我的世界》。孩子可以在三维空间里，创造和破坏游戏里的方块，打造精妙绝伦的建筑物和其他艺术品。因为此游戏极富创造性，所以被称为"线上乐高"。自2009年发行以来，《我的世界》创12项吉尼斯纪录，用户遍布全世界，是游戏史上第三款销量破亿的游戏。

很多家长愿意给孩子买乐高玩具，却不愿意让孩子玩游戏，甚至视游戏为洪水猛兽。其实游戏并没有那么可怕。《我的世界》这款游戏之所以被称为"线上乐高"，正是因为它能激发孩子的空间想象力和创造力，有利于培养他们的逻辑思维能力和对编程的兴趣。孩子能在游戏里尽情发挥创意，把脑袋里的想法变为现实。游戏里各种各样的探险，也能激发孩子的好奇心；玩游戏时克服困难和应对挑战，还能锻炼孩子解决问题的能力。

虽然《我的世界》是一款绿色益智游戏，但如果孩子的自我控制力不够，长时间玩游戏，也会影响学习与成长。甚至有的家长反映，孩子只爱玩游戏，不爱阅读。

怎样让孩子既适度玩游戏，又不影响阅读呢？兴趣是最好的老师，想让孩子爱上阅读，要先了解孩子的想法，为孩子选择他们感兴趣的书。如果孩子喜欢玩《我的世界》，那么就为他们选择这套"我的世界·HIM军团系列"，用精彩的故事把他们对游戏的热情转移到阅读上来。

故事的主人公叫"游戏骑士"，他很喜欢玩《我的世界》。因为一次意外，他穿越到了游戏世界中，发现里面的村民正在遭受HIM与它的怪物军团的攻击。HIM是智能邪恶病毒，它妄图称霸游戏世界和人类世界，并用邪恶能量创造了实力极强的末影人之王、恶魂之王、骷髅之王、僵尸之王和蜘蛛女王等怪物首领，怪物首领又分别组建了怪物军团。而"游戏骑士"的使命，就是将游戏世界里的村民和现实世界中的玩家团结起来，挫败HIM的阴谋，让两个世界重归和平。

故事中关于怪物、武器和场景的描写，都与游戏高度一致，玩过《我的世界》的孩子一旦开始阅读，马上就会被作者用文字高度还原游戏世界的本领折服，很快就会沉浸其中，并且收获完全不同于玩游戏的别样体验。

在阅读过程中，孩子们会很自然地将自己代入到"游戏骑士"身上，跟着他一起冒险，一同面对挑战，一起克服困难；像"游戏骑士"那样不断成长，逐渐改正自己的缺点，最终蜕变为勇敢、正直、有担当的人。

该系列故事的作者马可·切维顿是一名知识渊博的老师，他和他的儿子都是《我的世界》的资深玩家。他觉得《我的世界》不仅可以作为游戏给孩子带来乐趣，还可以把它写成故事书，从而给孩子提供更大的想象空间。因此，他创作了"我的世界·HIM军团系列"。

　　这套书出版后，他收到了很多孩子发来的消息，孩子们都对他说，自己本来不喜欢读书，却因为玩《我的世界》开始看这套书，并因此体会到了阅读的乐趣。

　　阅读，从孩子的兴趣开始。就让孩子在方块世界的故事里，放飞想象，汲取力量，做更好的自己。

登场人物介绍

"游戏骑士"： 曾多次拯救过《我的世界》的非玩家用户，被村民视为英雄，而在现实世界里，他只是一个12岁的男孩。他通过数字转换器穿梭于现实世界和游戏世界之间，是HIM最痛恨的人。

克拉夫特：《我的世界》里最年长的工匠，而外貌却是男孩的样子。他充满智慧，是村庄的领袖，也是"游戏骑士"在《我的世界》中最好的朋友。

猎人：《我的世界》非玩家角色，弓箭手，射箭技艺高超，有着标志性的红色鬈发。

小裁缝：《我的世界》非玩家角色，弓箭手，猎人的妹妹，也有卷曲的红头发，心地善良且勇敢坚强。

牧人： 一个瘦高的年轻的非玩家角色，拥有和动物沟通的能力。

挖掘工： 克拉夫特村庄里的村民，擅长使用镐，善于挖掘，是"游戏骑士"在战斗中的得力助手。

布奇： 一个高大的非玩家角色，英勇善战，危急时刻带领骑兵队解救了"游戏骑士"一行人。

HIM： 智能病毒，能更改和操纵《我的世界》的程序，能瞬移和变身。企图逃出游戏世界，统治现实世界。

沙瓦拉克： HIM制作出来的二代蜘蛛女王。

收割者： HIM制造出来的骷髅之王。

目录
Contents

第一章
标志牌

随着令人眼花缭乱的光束慢慢消散，"游戏骑士"发现自己已置身于方块世界。溪流从头顶上方高高的岩石层处落下，在他脚下渐渐汇聚成了一个小水池。溪流溅起的水花让他感到一阵凉爽，他方形的手指抚上扁平的脸颊，擦掉了脸上的水珠。然后他张开手指，仔细打量：它们看上去就像长方形的香肠。"游戏骑士"咧了咧嘴，笑了。

"游戏骑士"记得第一次进入《我的世界》时，就遭遇了巨型蜘蛛，并与他们发生了一场可怕的战斗，当时正是瀑布救了他一命。那个怪物跳到水里去攻击他，却被湍急的水流困住，无法动弹，然后"游戏骑士"趁机消灭了他。那是"游戏骑士"第一次消灭真实的怪物，也是他在《我的世界》里的第一次冒险，还真是残酷啊！想到这，他的笑容渐渐消失了。

"你想像个傻子一样站到太阳落山，然后等所有的怪物都出来迎接你吗？"一个声音从他的身后传来。

"游戏骑士"转身，看见了自己的老朋友——猎人。她身穿钻石盔甲，站在那里，红色的鬈发从闪闪发亮的头盔下露出来。魔法光波在她那冰蓝色的盔甲上流动着，在她脚下倒映出柔和的紫色光芒。附近的橡树也沐浴在光波中，闪闪发光。

"游戏骑士"看到她身后的草垛上拴了两匹马，它们正开心地咀嚼着美味的干草。

她望着他，"游戏骑士"知道她在看自己头顶上飘浮着的字母，这是玩家的标志。她仰起头，寻找他头上的服务器连接线。连接线的另一头应该一直延伸到半空中，将所有的普通玩家连接到服务器上，让他们能在现实世界玩游戏。但是，"游戏骑士"知道自己没有和服务器相连。他不仅仅是个玩家，事实上，他此刻就身在游戏中。游戏中的一切，包括气味和声音，对他来说都是真实存在的。他是通过爸爸发明的数字转换器来到游戏世界的，他是非玩家用户。

"哦……啊……是呀，我准备好了。""游戏骑士"有点儿结巴，"用我爸爸的发明再次回到游戏中的感觉多少有点奇怪。"

猎人说："我还以为它和HIM一起被摧毁了。"然后她解开马的缰绳，把其中一根给了"游戏骑士"。

"不，爸爸只是拆掉了运行数字转换器的电脑。只要把数字转换器连接到一台新的电脑上，再加载软件就没问题了。"

"你确定HIM已经被完全摧毁了？"猎人问。

"游戏骑士"点点头，"HIM已经和被撕碎的吐司没什么两样了。"他自豪地说。

"吐司？"

"是的……吐司就是加热后的面包。""游戏骑士"解释道，"面包烤熟后表面就会变成褐色的，并且……"

"你一说'吐司'，我就不想再听你啰唆了。"她打断了"游戏骑士"的话，"我怎么知道什么是烤面包。"

"好吧，重点是HIM已经被摧毁了，不会再伤害我们了。"他说。

"游戏骑士"感觉到猎人松了口气。她把手伸进工具包里，掏出"游戏骑士"的盔甲和武器，扔给他。"游戏骑士"立刻穿上盔甲，拔出附魔剑，在空中挥舞了几下。真可悲，"游戏骑士"心想，竟然只有手里握着剑，自己才有安全感。

"出发吧，"猎人说，"也许HIM真的消失了，但我只有待在村庄附近才会感觉心安一点。"

"我也是。""游戏骑士"说着骑上了马，猎人紧跟在后面，"我知道HIM不在了，但我还是忍不住感到恐惧，总觉得整个世界将会彻底崩塌。"

他们掉转马头，沿着池塘向远处的村庄前进。即使在骑马的时候，猎人也要把附魔弓抓在手里。"游戏骑士"知道，就算他们在白天遭到袭击的可能性极低，她也不敢掉以轻心。

他们安静地骑着马，缓慢地经过方块状的地形。没多久，他们就穿过起伏的山丘进入了茂密的橡树林。森林里很安静，只有马蹄发出的嗒嗒声。"游戏骑士"本以为能听到几声奶牛的哞哞声，或是绵羊的咩咩声，但他什么都没听到。是因为他太紧张才如此多疑，还是真的会有事情发生？

"你听到了吗？""游戏骑士"问道。

"什么？"猎人回答。

"就因为什么都没听到，""游戏骑士"说，"我才觉得有点不对劲，我们得赶紧回去。"

"你这么怕干什么？"猎人问，"HIM已经不在了，我连一个怪物的影子都没瞧见。你真的以为你每次进入《我的世界》，都会有状况发生吗？"她无奈地看了"游戏骑士"一眼，笑了笑，"放轻松，没事的。"

"我还是觉得早点回到村庄比较稳妥。""游戏骑士"用双腿夹了夹马儿的肚子，马儿加速绕过一棵粗壮的橡树。猎人也加快速度追上他。"游戏骑士"一边骑马，一边不停地环顾四周——骷髅、蜘蛛或是僵尸都有可能跳出来攻击他，他得随时做好准备。终于，他听见一头奶牛在远处发出了哞哞的叫声。听到动物的声音，"游戏骑士"开心地松了口气。

他们到达森林尽头时，太阳已经快落山了。狭长的黑影从树木的根部悄悄地爬出来，像幽灵的手指一样在草地上延伸开来。

看到村庄，"游戏骑士"终于放松了一点，在《我的世界》里经历了这么多冒险，村庄就像家一样温暖。村庄被高高的城墙环绕着，高大箭塔里的士兵时刻保持警戒。他们催赶马儿穿过平原，走向横跨在村庄护城河上方的木桥，一步步向敞开的铁门走去。

"游戏骑士"看到了自己那座位于村庄一侧的城堡，黑曜石外墙守护着它。由黑曜石搭建的圆形高塔仁立在城堡中央，高耸入云，高塔越向上越窄，顶端还有一个小房间。

城堡的周围布满了防御工事，但"游戏骑士"并没有看到有人在使用它们。自从HIM被消灭以来，《我的世界》里一片祥和，人们都用斧头和锄头代替了刀剑。

"你看，我都说了没问题的。"猎人说，"这里是如此平静、安宁，你却如临大敌！"

"游戏骑士"松了口气，穿过木桥。他松开缰绳，穿过大门，不知道自己在期待什么。

突然，一支火箭射向城堡顶端，骤然爆炸。"游戏骑士"吓了一跳，他本能地伸出手握住武器。随着一片欢呼声，村民们从木屋后面拥出来，同时高喊着他的名字。"游戏骑士"跳下马，微微皱了皱眉。一个小女孩跑过来，卷曲的红发随着轻盈的步伐飘动着。她一下跳进"游戏骑士"的怀里，脸上绽放出灿烂的笑容。

"'游戏骑士'！"她高声喊道。

"小裁缝！真高兴见到你！"他抱住怀里的小女孩回答道。

小女孩是猎人的妹妹小裁缝。

"见到你真是太高兴了！"一个看上去很年轻的非玩家角色说。

"游戏骑士"把小女孩放下，转向那个村民。他穿着有一道灰色条纹的黑色长袍，在黑色衣服的衬托下，他那头金发看起来更加闪亮，但最迷人的还是他那蓝色的双眸。

"克拉夫特，我的朋友，再次见到你真是太好了。""游戏骑士"说。

克拉夫特笑着点点头。"你能回来大家都特别开心，"克拉夫特回答，"接下来我们准备好好庆祝一下，稍后我们会……"

"'游戏骑士'！'游戏骑士'！"一个瘦瘦的男孩飞快地向他跑来。

"慢点儿，牧人！""游戏骑士"冲他喊道。

男孩想要急停下来，但还是一不小心就冲进了人群中，摔倒在了地上。克拉夫特一把拉起他，扶他站稳。然后，他看到挖掘工站在自己面前。

"大家都还好吧？"挖掘工浑厚的声音就像远处隆隆的雷声。

"我没事。""游戏骑士"回答道，"牧人在想什么呢？你就准备这样欢迎我吗？"

"快来，快来，我的猪和牛出问题了。"牧人说。

牧人围着"游戏骑士"飞快地转圈，长长的黑发像飘扬的旗帜一样在他身后飞舞着。"游戏骑士"看了眼克拉夫特，笑着快步跟上牧人。

当他们走到村里的猪圈旁时，大家都惊呆了，粉红色的小动物们都倒立着移动。这种状况在《我的世界》中从未出现过。

"出什么事了？""游戏骑士"看着克拉夫特问道。

"我不知道！"牧人说道，"我从来没见过猪倒立着走路！"

"看！围栏中间有个标志牌。"挖掘工说。这个身强体壮的非玩家角色来到围栏旁边，想看清那上面的字。

"上面写了什么？"克拉夫特问。

挖掘工回过头，一脸困惑地看向他的朋友。"我也看不懂。"

"上面说什么？"猎人也走了上来。

"嗯……上面写着'KROP'？"

"游戏骑士"笑了。

"这有什么好笑的？"克拉夫特问。

"从后往前读。""游戏骑士"说，克拉夫特看过之后也笑了。①

"看那些奶牛！"牧人指着那些长着棕色斑点的动物大喊道。

"游戏骑士"转身跑向牛栏，其实他没必要靠那么近去观

_____

① KROP从后往前读是PORK，意思是猪肉。

察，因为动物们都倒过来了，它们的头朝下，腿像笔一样在空中挥舞着。

"还有另外一个标志牌。"猎人边走边说，"上面写着'COM'？"

"游戏骑士"又笑了。

"这又是什么意思？"克拉夫特走到他身边。

"字上下颠倒了！""游戏骑士"解释道，"把它反过来读。"

"COW（奶牛）！"猎人大声说，"我觉得一点儿意思也没有。"

"你们的村庄已经被入侵了。""游戏骑士"解释道，"我不知道这是怎么做到的，但是……"

"大家快去城门那儿！"一个稚嫩的声音从城墙上传来。

"游戏骑士"循声望去，只见小裁缝站在铁门边，手里拿着附魔弓。

"游戏骑士"跑向他的朋友。他拿出自己的弓，然后搭上一支箭，慢慢穿过铁门。他看到一个标志牌出现在木桥的另一边，于是小心地朝牌子走去，但看过后仍然非常困惑。牌子上有一个指向草地的箭头，他小心翼翼地朝着箭头的方向前进。钻石靴子踩在草地上发出沙沙的响声。他回头看了一眼村庄，仍然能听到村里的牛和猪的叫声。显然，动物们并没有被恶作剧影响。

　　"游戏骑士"发现自己面前有一块空地，那曾经是一片草地。他走了上去，突然看到了另一个标志牌。他想靠近点儿看清上面写的是什么，这时有东西滴在了他的头上。真奇怪，他想，天空中明明没有乌云。他伸手摸了摸头顶，然后把手放到面前看，他愣住了——居然是绿泥。他退了一步，环顾四周，看到"雨滴"正从一个绿球上落下。但只有这两个方块内有这样的现象。他非常疑惑，怎么会发生这么奇怪的事情呢？

　　听到身后的脚步声，"游戏骑士"知道朋友们已经追了上来，"绿雨滴"仍旧滴着，他走到能看见标志牌的地方。

　　"上面写了什么？"克拉夫特问。

　　"游戏骑士"看见朋友们已经拿起武器，摆好了阵型。他回头看了一眼标志牌，立即明白了这是怎么回事。一瞬间，他感到一股遍及全身的寒意。

　　猎人问："你是打算现在告诉我们，还是想继续保守秘密？"

　　"上面写着'如果你们认为一切都结束了，那就太天真了。'""游戏骑士"说。

　　"谁写的？"克拉夫特问。

　　"游戏骑士"转身看向朋友，他知道自己的脸上写满了恐惧。

　　"你还好吗？"克拉夫特问。

　　"游戏骑士"摇了摇头，说："署名是HIM。"

第二章
蜘蛛和骑兵

巨型蜘蛛看见"游戏骑士"将一把钻石镐扔向标志牌，把它砸得粉碎。村民们正围着黏糊糊的绿球修筑一道圆石防御工事。萨基尔瞥了一眼藏在身旁的同伴，高耸的橡树刚好可以掩护她们。

"萨斯汀，那就是我们的敌人'游戏骑士'。"萨基尔发出咝咝的声音，她那八只巨大的眼睛里透出仇恨的光。

"是的，我看到了，"萨斯汀也发出咝咝声回应她，"我们必须尽快向女王报告。"

"对！"萨基尔赞同，"但是我们得先等村民回到村庄里。"

两只蜘蛛爬到枝繁叶茂的大树上，等待非玩家角色们建造防御墙。很快，村民们就把圆石防御工事修好了，然后迅速离开了那个诡异的区域，她们可不想让自己的两条腿被黏液粘住。萨基尔注意到这些头脑简单的村民似乎很害怕听到关于HIM的信息，尤其是那个非玩家用户。太阳慢慢落下，两只蜘蛛悄悄地爬回女王沙瓦拉克那儿。

这两只体形硕大的怪物在森林中迅速穿行，黑色的长腿由于移动得太快，看上去模糊成一片。在抵达森林的边缘时，她们吐出长长的细丝，垂下身子，慢慢降到地面，这时萨基尔听到身边传来僵尸悲惨的哀号声。

萨斯汀晃了晃巨大的脑袋，朝着声音传来的方向瞥了一眼，她看见一群把胳膊伸得笔直的僵尸，拖着双脚在黑暗中挪动。

"你发现没有，他们好像总是在抱怨着什么。"萨基尔问她的同伴。

"嗯，这些僵尸只看得到坏的事情，"萨斯汀回答道，"他们从来都欣赏不了清晨挂在蛛网上的露珠的美丽。"

"或者一片澄澈的天空。"萨基尔补充道。

"我们走吧。"萨斯汀说。

萨基尔点点头，她的眼神因绿色怪物的出现变得凝重。她们朝着位于东北方向的隐秘洞穴爬去。到那里需要穿越众多生物群系，包括草原、森林、沙漠和冰原，最后进入《我的世界》的地下深处，这至少需要两天的时间。可她们别无选择，她们必须把所见所闻汇报给女王。蜘蛛姐妹本想暂时返回自己的洞穴享用蜘蛛兄弟收集的苔藓，但任务在身，她们要尽快向女王沙瓦拉克报告她们已经找到那个非玩家用户了。这是眼下最重要的事儿，即使搭上性命也在所不惜。

接连赶了一天半的路，萨基尔饥肠辘辘，她看着萨斯汀，知道她也饿了。

"如果我们完不成任务，那可怎么办？"萨基尔的声音有些沙哑。

"你是说，如果我们饿死了？"萨斯汀有气无力地回答道。

萨基尔点了点头，神色黯淡。"我们试试看能不能爬到下一座山的山顶。"她的声音听起来也很虚弱。

她们越过面前的沙丘，终于爬上山顶。向远处眺望，她们看到了沙漠的尽头，更远处还有另一片森林。当看到森林里满是高大的云杉时，她们松了口气。

"那是巨型云杉针叶林群系，我们马上就有食物了！"萨基尔说完飞快地爬下山丘，萨斯汀紧跟其后。

两只蜘蛛爬过山坡，进入森林，终于看到了一块长满苔藓的鹅卵石。她们迅速将那些苔藓塞进嘴里。这些柔软的绿色植物让她们很快恢复了生命值，浑身充满了能量。

"快点，我们必须抓紧时间向沙瓦拉克汇报。"萨斯汀说。补充完能量，她说话都有劲儿了。

"同意！"萨基尔回答道，她也恢复了活力。

蜘蛛姐妹继续在森林中前进，远处传来几声狼嚎，不过幸好狼群没有往这边来。她们匆匆穿过森林，离开了这片资源丰富的生物群系。

"我们快到了，"萨基尔说，"我能感觉到洞穴就在附近。"

"是的。"萨斯汀说。

她们快速爬过沙漠，快到连身影都模糊成一片。她们知道自己的黑色外壳在淡色的沙子上很容易被发现，但眼下顾不了那么多了。不一会儿，她们看见远处有一片广袤的草原和一座巨大的山丘，绿色的山丘连绵起伏，山丘下面的秘密洞穴就是她们的目的地。

蜘蛛姐妹抵达草原尽头后，向远处的山丘爬去。当她们爬进高高的草地时，忽然感觉到地面在隆隆作响。

"是骑兵！"萨基尔对同伴说。

"他们会抓住我们的。"萨斯汀说。

"你必须把他们引开，这样我才能回到女王身边！"萨基尔命令道。

萨斯汀叹了口气，转过身朝另一个方向爬去。萨斯汀知道，必须牺牲她们中的一个，才能保护另一个的安全。而这个自杀式任务只能落在自己身上。

"再见了，萨斯汀。"萨基尔的声音里充满了悲伤，"你为女王和种族献出了自己的一切。"

萨斯汀点了点她黑色的大脑袋，转身朝雷鸣般的马蹄声传过来的方向爬去。萨基尔眼睁睁地看着萨斯汀在茂密的草丛里和骑兵周旋，她知道妹妹不可能活下来了。萨斯汀故意把骑兵引向另外一个方向，马蹄声渐渐消失的时候，萨基尔火速前进。

她凭着自己的直觉急匆匆地朝那座山峰奔去，有时她也不知道到底是什么在驱使自己前往秘密洞穴。她爬行在弯弯曲曲的密洞里，察觉到女王的气味越来越强烈，她的速度也越来越快。终于，萨基尔到达了一个巨大的洞窟，墙上插着红石火把。洞穴的最深处，橙色的岩浆照亮了洞穴的墙壁。这个洞穴非常大，中心至少有三十个方块宽。

　　萨基尔穿过入口，爬上只有一个方块宽的狭窄石桥，石桥通向一个巨大的圆石平台。她站在石台的边缘向下看去，下面黑漆漆的，完全看不到底。萨基尔穿过平台，看见女王正在洞壁附近休息。她垂下一根细丝，娇小的身躯就像飘浮在半空中一样。

　　"你有什么事？"蜘蛛女王问，紫色的眼睛闪闪发光。

　　"沙瓦拉克，"萨基尔低下头，向女王致敬，"我看到了你的仇人。"

　　"谁？"女王问。

　　"我发现了那个非玩家用户。"萨基尔答道。

　　沙瓦拉克用弯钩似的爪子钩住一根细丝，优雅地降落到地面上，爬向了王位。

　　"你看见他了？"她问。

　　"是的，沙瓦拉克。"萨基尔回道。

　　一个骷髅从阴影中走出来，慢慢走近她们。这个骷髅的头上戴着一顶骷髅王冠，他眼神冰冷，充满死亡的气息，脸上露出一副邪恶的神情，他就是骷髅之王收割者。

　　"是时候了。"骷髅之王说。

　　"没错！"沙瓦拉克回答。

　　"在他去现实世界之前，我们就收到了HIM的命令——当非玩家用户再次出现的时候，我们就激活这个装置。"收割者说话就像在背课文。

　　"我知道他最后的命令是什么。"沙瓦拉克轻蔑地说。

　　蜘蛛女王站起来，急匆匆地穿过圆石平台，朝洞室黑暗的一侧走去。收割者紧随其后，他对女王的行为十分好奇。沙瓦拉克穿过窄桥，这座桥将圆石平台和另一个看上去模模糊糊的石台连接在一起，石台表面上分布着奇怪的橙色方块。蜘蛛女王绕着这个区块转了又转，最后走到一根控制杆前。那根控制杆就放置在岩壁的一个小洞里。

　　"这是HIM最后一次伟大的复仇！"沙瓦拉克一边推动控制杆一边恶狠狠地说。

　　随即，红石灯开始闪闪发光，在高高的地方出现了一个闪着光的计数装置。这个装置很大，有十二个方块那么高，在山洞里的任何地方都能轻易看见它。计数装置上的方块在隐藏的活塞上移动，最终形成了数字100。此时，另一个活塞将阀门打开，岩浆从石壁洞中流出来，落入了石头砌成的池子里。洞穴的上方有一盏红石灯，它有节奏地闪烁着，像是一颗跳动的心脏。

　　"当这个池子里充满岩浆时，"收割者说，"就是HIM带着仇恨归来之时，村民和'游戏骑士'会在一切都被摧毁之前，最后一次感受他的愤怒。"他转身离开定时器，低头看着那些毛茸茸的蜘蛛。"沙瓦拉克，你认为创造者对现实世界中可怜的玩家做了什么？"

"他们正在遭受苦难，这我一点儿都不怀疑。"

"我真想亲眼看看！"收割者说，"那一定很美妙。我相信那个非玩家用户之所以又一次出现在《我的世界》里，就是为了逃离他在现实世界中被毁灭的家。"

"你说得对！"沙瓦拉克附和道。

"你确定已经派蜘蛛去找他了？"收割者问道。

"我的手下会不顾一切地阻止他到这儿来，"沙瓦拉克自豪地说，"但是你必须加派一些骷髅，守护好这个地方。"

收割者低头看了蜘蛛女王一眼，点了点头。

"我会带上最英勇的士兵，如果他侥幸闯了进来，我的骷髅也会在这里把他拦住。其实，我倒希望你的蜘蛛姐妹们会失败，这样一来，我就可以亲自毁灭'游戏骑士'了。"

收割者发出了一声干巴巴的笑声，走向洞穴的出口。沙瓦拉克的上下颚发出咔嗒声，露出邪恶的表情。

第三章
雪球和骨头

为了弄清楚这些倒着走的猪和牛能否变回原样，"游戏骑士"进行了实验：他用绳子拴住一头奶牛，领着它远离那块写着"COM"的标志牌。刚走到几个方块之外，奶牛就迅速翻回身来。事实上，奶牛自己也没意识到有什么不对劲。但一回到围栏里，那头奶牛又立刻肚皮朝天翻转过来，开始用后背走路了。

"奶牛没问题，""游戏骑士"向克拉夫特解释，"有问题的是这个地方。"

"猪也一样。"这个年轻的非玩家角色点点头，"但HIM是怎么做到的？你不是说他已经被消灭了吗？"

"没错，我亲眼看见我爸捣毁了那台困住他的电脑，他根本就没办法逃进互联网里。""游戏骑士"关上围栏门，离开了那群奶牛。他还记得猎人在村外时说的话，疑神疑鬼是没脑子的做法。虽然倒着走的猪、倒立的牛、绿色的"雨滴"的确很奇怪，但这一切不一定都是HIM做的，应该也不可能是他做的。

"如果他设法逃进了互联网里，那他一定会对现实世界进行可怕的破坏，我们也肯定早就听说了。""游戏骑士"转身凝视着克拉夫特那双明亮的蓝眼睛，"我再说一遍，HIM已经死了。"

"那这些现象怎么解释呢？"克拉夫特问道。

"游戏骑士"摇了摇头。

"我不知道，"他说，"不过要是……"

还没等他想清楚，几个村民就从高耸的圆石瞭望塔里跑了出来。

"有人来了，"一个村民对克拉夫特说，"他们说需要我们的帮助。"

"怎么回事？""游戏骑士"问道。

"你们先过去听听他怎么说吧。"另一个村民说。

"游戏骑士"和克拉夫特不解地对视了一眼，然后向瞭望塔跑去。来到圆石瞭望塔后，他们径直走向屋子里的角落，那里的一个方块已经被移开，露出了一条长长的垂直隧道，这条隧道一直通到《我的世界》深处。克拉夫特率先踏进洞里，顺着墙上的梯子滑了下去，消失在黑暗中。"游戏骑士"紧随其后。

梯子的底部是一条和地面平行的笔直通道，通道的墙壁上插着一支支火把，把通道里照得亮堂堂的。克拉夫特和"游戏骑士"一前一后默默地走在通道里，两人都没说话。"游戏骑士"渐渐感到有些困惑。

难道HIM的代码有一部分存活下来了？还是说这是HIM创造出来的另一个怪物首领？"游戏骑士"的脑海中充满了疑问。

通道的尽头是一个巨大的圆形房间，房间的另一侧有两扇铁门。这里是"游戏骑士"第一次见到克拉夫特的地方，那似乎已经是很久以前的事情了。

"继续走呀。"克拉夫特站在铁门边上喊。

"游戏骑士"这才意识到自己正呆呆地站在房间的中央，回忆着两人第一次见面时的场景。

"不好意思。"说着，他继续朝铁门走去。

克拉夫特拔出剑，用剑柄猛击铁门，门的另一侧立刻出现了一群全副武装的战士。"游戏骑士"透过门上的小栅栏可以看见他们身上闪闪发光的盔甲。确认来者的身份后，铁门被打开了，战士们站到一边。"游戏骑士"和克拉夫特下楼前往打造室，他边走边观察四周。以前工人在打造室里打造的都是武器和盔甲等战斗装备，现在他第一次看见他们打造马鞍、船、围栏……这些都是和平时期的生活必需品。

快到楼梯底部时，他们发现一个非玩家角色正靠在一块石头上，他穿着一件灰色的长袍，衣服中间有一道白色条纹，他的前臂上有许多细小的伤疤，仿佛被一百把小刀割过似的。

"是石匠。"克拉夫特一边靠近那人一边低声说。

　　"游戏骑士"点点头。"石匠"是这个村民的名字，也是他的职业。

　　"石匠，是什么风把你吹到我们村里来的？"克拉夫特问。

　　石匠站起来面朝克拉夫特，不过眼睛却看向了"游戏骑士"，他抬头看了看"游戏骑士"头顶上飘浮的信息，然后继续往上看，没能发现服务器连接线。等意识到眼前的人是谁后，石匠露出了惊奇的神色。

　　"石匠，发生什么事了？""游戏骑士"问道，"你为什么会出现在这儿？"

　　"我是被我们村的工匠派到这儿来的。"石匠解释说，"我们村里发生了一些奇怪的事情，我们需要帮助。"

　　"出什么事了？"克拉夫特问。

　　"事实上，我也不知道到底出了什么事，"石匠回答道，"当时我正在打造室里，村里的工匠和村长走到我面前，让我来这里寻求帮助。我们村的工匠没告诉我具体情况，只是说我们需要你。"他朝克拉夫特示意，"我们需要非玩家用户来帮助我们。"

　　"发生了什么事？"身后传来一个声音。

　　不用回头，光听声音"游戏骑士"就知道是猎人的妹妹小裁缝来了。

　　"对呀，究竟是怎么回事？"猎人也问了一句。

　　姐妹俩走到克拉夫特和"游戏骑士"身边。红发弓箭手姐妹的传说已经传遍了《我的世界》，很显然，石匠也认出了她们，因此露出了震惊的表情。

　　"你们村的工匠是怎么跟你说的？""游戏骑士"问。

　　"他只说了两个词，'雪球'和'骨头'。"石匠回答。

　　"雪球和骨头？""游戏骑士"跟着重复了一遍。

　　石匠点了点头。

　　"我们应该先想想该怎么帮忙，"挖掘工拿着一把巨大的镐从楼梯上走下来，"'骨头'只有两种可能：骷髅或是狼。如果那里有骨头的话，我们应该把牧人叫上。"

　　"挖掘工说的没错，"克拉夫特说，"我们的确需要牧人，那怎么对付'雪球'呢？"

　　这位高大的非玩家角色耸了耸肩。

　　克拉夫特转过身对房间里的一个工人说："去把牧人找来。"

　　工人点点头，小跑着离开了房间。几分钟后，工人把牧人带了过来。

　　"石匠，走吧，带我们去你的村庄看看。"克拉夫特说。

　　"好的！"石匠回应道。

　　石匠把矿车放在面前的铁轨上，将铁轨连接到隧道中。克拉夫特从附近的一个箱子里拿出几辆矿车分给大家。石匠在前，克拉夫特跟在他身后，"游戏骑士"紧跟在克拉夫特后面。

他们通过矿车轨道网络，抵达下一个村庄后，又切换到一条新的轨道，向北驶去。不到五分钟，众人就来到了石匠的村庄。他们刚从隧道里出来，"游戏骑士"立刻就感受到了这里的村民充满了紧张和恐惧的情绪。似乎整个村庄的村民都聚集在了打造室里——这是从没有发生过的情况。从他们的表情可以看出，他们不敢回到地面上。

是什么东西让他们如此害怕？"游戏骑士"暗自思索着，"骨头"这个词突然闪现在他的脑海里。

"你们是不是遭到了骷髅的袭击？""游戏骑士"问道。村民们摇了摇头，他们方块状的眼睛里充满了恐慌。

"游戏骑士"疑惑地看着克拉夫特。

"我们还是要上去一趟，看看地面上到底发生了什么事。"克拉夫特提议道。

"就按你说的办。""游戏骑士"表示赞同。

等大家到齐后，"游戏骑士"领着他们走上台阶，走出打造室，然后迅速穿过隧道，来到守护村庄的瞭望塔上。他们一走进瞭望塔，就听到了外面如暴风雪般可怕的响声。

"游戏骑士"走到窗边，凝视着窗外。通过灰绿色的草地，他知道他们就在大草原上。村庄周围的山丘上长满了弯弯曲曲的金合欢树，山丘看上去很平静，没有任何怪物的踪迹。不过村庄里又是另一幅景象，到处都在下雪，连村里的城墙上都飘着雪花……正常情况下这里是不可能下雪的，因为这儿是大草原，从没下过雪。然而，"游戏骑士"的确看到大雪覆盖了地面，可当他仔细一瞧，却发现有点不太对劲，眼前的"雪花"并不像普通的雪花那样轻轻飘落下来，而是在高速坠落。

"是冰雹吗？"小裁缝一边看着窗外一边问道。

"应该不是的，你看它的形状，"猎人回答，"有的看起来像个雪球，但是有的又有点儿像冰柱。"

"看起来就像是冰柱从天上掉下来了。"挖掘工透过门上的栅栏向外望去。

挖掘工从他的工具包里掏出了一把镐和一把锄头，做好了战斗的准备。这让"游戏骑士"想起他之前在网络上看到的那些《我的世界》的更新升级后的视频。

"我们必须出去一探究竟。"克拉夫特说。

"等一下，我先做个实验。""游戏骑士"说。

猎人怀疑地看着他："现在可不是瞎胡闹的时候。"

"游戏骑士"对她笑了笑，拿出一个工作台放在地上。接着，他拿出三块红色羊毛、三块木板和一块铁锭，快速将它们按短视频里那样组合在一起。这些物件瞬间变成了一个很大的长方形物体。

"这是什么？"小裁缝问道。

"游戏骑士"把它捡起来，用左手拿着。

"这是一个盾牌，""游戏骑士"解释道，""《我的世界》游戏最近好像已经完成更新了。出去后我们可以用它来保护自己，避免受到冰雹和冰柱的伤害。"

"好主意！"克拉夫特说着从自己的工具包里拿出一副盔甲。

"游戏骑士"打开门，走进狂风暴雪中，把盾牌高高地举过头顶。穿行在村庄里时，他感觉好像有人在用无数个小锤子捶打他头顶的金属盾牌，每捶一下盾牌都会发出一声清脆的砰砰声，这让他险些拿不住盾牌。

"'游戏骑士'，你看！"克拉夫特朝着右手边说。

"游戏骑士"望向朋友。克拉夫特蹲下来，一只手举着盾牌，另一只手指着地面。"游戏骑士"跪在石匠身边。等他看清天上掉下来的是什么时，他惊呆了——是骨头！成千上万的骨头和雪球混在一起，向村庄砸下来。

"这是怎么回事？""游戏骑士"询问克拉夫特。

没等克拉夫特回答，暴风雪中传来了猎人的声音："标志牌！"

猎人站在麦田正中间立着的那根柱子旁。"游戏骑士"朝她走过去，眼前所有的庄稼都被毁了，落下的骨头压坏了植物，雪球冻坏了大草原上的土壤。猎人往后退了退，"游戏骑士"低头看了看标志牌。

"上面写了什么？"挖掘工的声音低沉有力。

"游戏骑士"叹了口气，大声地念出了上面的内容："'这就是你的未来。'署名又是HIM。"

挖掘工拿出镐，愤怒地敲碎了那个标志牌，然后立即在田野上建了一个圆石的防御工事，这样就可以重新种植小麦和甜瓜了。

"HIM是怎么做到的？"小裁缝走上前问道，"我敢肯定，我们已经把他消灭了。"

HIM可能还活着的念头刚冒出来，"游戏骑士"就下意识地摇了摇头。这是不可能的，他觉得这肯定是某人的恶作剧。

"至少这次的损失不大。""游戏骑士"说道，他无法给出一个合理的解释。

"损失不大？"牧人眼里满是愤怒，"看看这些庄稼！它们都被毁了，没人敢继续住在这里了。"

"是的，但是至少没人受伤，""游戏骑士"说，"村民可以建造新的家园，建立一个新的村庄，他们会好起来的。"

"但是《我的世界》呢？"牧人问，方形的脸上露出严肃的表情，"《我的世界》必须保持平衡。如果我们过量挖铁、煤或黄金，就会破坏土地的平衡机制。每个村民都知道不能这么做，这样做不仅愚蠢，而且很不负责任。但是为什么有人明知道这点，却还是无节制地使用土地上的资源？总之，《我的世界》必须保持平衡，这些骨头和雪球都在让天平向危险的那边倾斜。"

"我认为这些骨头和雪球不会造成任何伤害，只是有些麻烦罢了。""游戏骑士"回答道。

"你不明白,"牧人的声音里充满愤怒,"像这样的事情一开始看起来可能没有什么大碍,可这只是因为它们才刚刚开始。人们忽略它们是因为它们没造成什么影响,但量变是会引起质变的。这就像许多事情刚发生的时候,如果我们不去弄清楚究竟发生了什么,等到想再来阻止的时候就太晚了。"

"来自狼人的智慧。"克拉夫特拍了拍男孩的背说。

这个瘦高的男孩笑了笑,然后望向他的朋友"游戏骑士"。但是"游戏骑士"没有笑,他正愁眉不展地看着一根根骨头从圆石屋顶上弹下来。

"这里到底发生什么事了?""游戏骑士"对自己说,他知道牧人说得很对,"总感觉哪里不对劲。虽然到目前为止,每一件事看起来都只是无关紧要的恶作剧……但是这种局面要持续多久呢?接下来又会发生什么呢?"

第四章
下达命令

蜘蛛女王高高地悬挂在巨大洞穴的墙壁上，俯视着下面圆石平台上的块状阴影。那里有数百个奇怪的橙色方块，一种深红色的粉末将这些方块连接在一起。作为一只蜘蛛，沙瓦拉克不知道这些方块有什么作用，但是她知道这是HIM报复"游戏骑士"和主世界里非玩家角色的计划的重要组成部分。

沙瓦拉克曾在最后一战时在下界看到过HIM。她觉得创造者都已经在现实世界里造成了巨大伤害，那他为什么还要在《我的世界》里复仇呢？这对他而言并没有什么意义，不过她知道这并不重要。她的任务是完成创造者离开前留下的最后命令，她会尽自己所能做到。

蜘蛛女王松开了自己织的网，慢慢沿着墙爬到洞穴中央的圆石平台上。平台的边缘处有座通向鹅卵石平台的桥，还有一座通往橙色方块所在平台的桥。仅有一个方块宽的窄桥下是深不见底的深渊。

蜘蛛女王用锋利的爪子抓住洞穴的墙壁，一路往下，爬到创造者建造的鹅卵石平台下面，看见洞穴底部有一块被红石火把照亮的小区域，那儿就是她此行的目的地。

当蜘蛛女王往下爬时，寂静的洞穴里回荡着她的爪子摩擦冰冷的石墙发出的声音。所有的骷髅都被派去巡逻洞穴上方的通道了，只有沙瓦拉克留了下来。这很好，现在她只想再看看HIM留下的最后的命令。她继续往下爬，虽然对她而言，从墙壁上爬行就像人在地面上行走一样轻松，但从那两座桥到洞底至少有四十个方块高，从这个高度摔下去对谁来说都是致命的。

沙瓦拉克到达洞穴底部后，便匆匆来到红石火把旁。火把周围立着一连串标志牌，都是HIM设置的。她不知道HIM是什么时候，又是怎样建造这个地方的，是攻击源代码的时候吗？还是在前任女王夏库路德被那个懦弱的"游戏骑士"摧毁后？

她走近标志牌，又看了一遍上面的文字。为了保护洞穴，所有的蜘蛛都被送到主世界去监视那个非玩家用户了，骷髅之王和他的手下则负责保护洞穴隧道和地下通道。不过最重要的标志牌就在红石火把下，上面记录了启动定时器的方法，那是一个命令模块系统。

沙瓦拉克启动了定时器，她看到洞穴墙壁上的定时器在慢慢地嘀嗒作响……目前显示的数字是92，离数字变成0还有一段时间。

定时器旁的牌子上写着几个粗体大字——"让他吃点苦头"，蜘蛛女王立刻明白了创造者的意思。

她眼神凶恶地沿着墙壁往上爬，朝鹅卵石平台爬去。女王终于爬到平台边缘的一堆蜘蛛网旁，然后坐在柔软的蛛丝上，用尽全部能量去感知这些将所有蜘蛛家族的兄弟姐妹联系在一起的神奇丝线，她想让洞穴里的所有蜘蛛兄弟都出去追杀"游戏骑士"和他的同伴。因为那些愚蠢的非玩家角色从不把牛奶带在身边，而牛奶是蜘蛛毒的唯一解药。但是蜘蛛兄弟们此时都在忙着照顾孵化场里的下一批蜘蛛卵，不过，可以把这份工作交给蜘蛛姐妹。女王伸出腿，下达了命令，蜘蛛们都赶紧行动起来。

"找到那个非玩家用户，"沙瓦拉克命令道，"创造者命令我们必须让他吃点苦头。我们必须找到他、惩罚他，让他对自己犯下的罪行负责。你们要是找不到他就不要回来！"

蜘蛛女王知道手下的蜘蛛们会不停地在整个主世界搜索"游戏骑士"，直到找到他为止。蜘蛛们会扑到他身上，但不会真的消灭他，因为创造者的命令很明确，他并没有下令杀死"游戏骑士"。牺牲少量的蜘蛛并没什么关系，反正马上就会有更多的蜘蛛孵化出来。这些幼虫很快就能投入战斗，取代那些被消灭的蜘蛛。

这次行动的主要目的是要让"游戏骑士"吃点苦头，沙瓦拉克知道自己的蜘蛛们已经为此做好了准备。

第五章
蜘蛛袭击

"游戏骑士"正以最快的速度将圆石方块放置在临时搭建的小屋屋顶上。他知道猎人的手臂肯定很酸了，因为他建小屋时，猎人一直举着盾牌保护他。新建的圆石屋顶要将整个村庄保护起来——天空中不断有骨头和雪球掉下来，从盾牌上弹落到另一个方块上去。其实就算不拿东西护住头顶，他们也不会受到任何伤害，只是头受到撞击时会有刺痛感，那感觉真的很让人讨厌。真正会受到伤害的是村里的庄稼，所以必须把它们保护起来。

自从他们来到草原上的这个村庄，这场暴风雪就没停过。他们还是没搞清楚HIM是如何做到这一切的，这种把戏刚开始让人觉得很特别，但现在却让人感到不安。

这是继猪、牛和"绿雨滴"之后的第四个恶作剧。HIM的恶作剧越来越恶劣，这意味着他们日后的处境会越来越危险。但是面对一个完全未知的恶作剧，他们又能采取什么防范措施呢？不过，他们知道眼下最要紧的是先救助这个村庄，让这里的非玩家角色能够活下来。

给整个村庄加屋顶是牧人的主意。这个办法是可行的，而且对于现在的团队来说，这无疑是一剂强心剂。另外，所有的村民都可以贡献自己的力量，村民们可以在他们施工的时候帮忙递石头或举盾牌。眼下关键是要把该做的做好，鼓舞人心什么的都是其次。非玩家角色们快速收集了一堆圆石，大家紧密合作，迅速遮盖住了瞭望塔周围的区域。离地面十二个方块高的圆石屋顶慢慢向外延伸，渐渐地，村庄里越来越多的区域都得到了屋顶的保护。

圆石屋顶越来越大，参加建造的村民也越来越多，于是屋顶的修建速度也越来越快。到了中午时分，圆石屋顶已经覆盖了半个村庄。

"加快速度呀，"猎人抱怨道，"我的手臂都酸了。"

"要不要换一下？""游戏骑士"提议，"我可是很乐意让你弯着身子搬石块。"

"听起来挺诱人的，但还是算了吧。"猎人笑着说，"我们需要做的是……"

这时，一阵响声传来，在嘈杂的喧闹声中格外刺耳。

"游戏骑士"抬头看向瞭望塔。小裁缝站在新建的圆石屋顶下凝视着沙漠，似乎正在指着什么东西，但是倾泻而下的白色碎片让人很难看清楚究竟是怎么回事。

猎人说："我们最好过去看看。"她扔掉一直举在"游戏骑士"头顶上的盾牌，朝瞭望塔跑去。

"游戏骑士"的钻石头盔忽然发出一阵"当当"的响声，那是掉落的骨头不断击打着头盔发出的声音。他的脸颊都被冻僵了。"游戏骑士"不想站在这傻等，于是他跟上猎人，一路上还要小心圆石屋顶上掉下来的雪。瞭望塔的一侧新开了一道门，"游戏骑士"躲进瞭望塔里，避开恶劣的天气后，他感觉好多了。

"游戏骑士"脱下头盔，顺着台阶登上了瞭望塔顶层。他看见猎人和小裁缝都凝视着眼前的白色风暴。"游戏骑士"站到小裁缝边上。

"你看到了什么？"他问。

"我好像看到有东西在草原上移动。"小裁缝说，"应该不是马或牛之类的东西，反正外形……不太对劲。"

"那会是什么？"猎人问。

"我不太确定，"小裁缝回答，"他在那待了一秒钟，然后就不见了。现在除了这些骨头，我什么都看不到。"

"游戏骑士"把手搭在她的肩上。她抬起头看着他，露出一抹苦笑，褐色的眼睛充满了恐惧。

"你觉得那东西是什么？""游戏骑士"问。

"嗯……看起来像影子，但是形状有点圆。"她说。

"蜘蛛！"猎人高呼道。

"有可能，""游戏骑士"说，"你在哪里见到他们的？"

"在那条从沙漠中穿过的河流那里，"小裁缝说，"那条河在一个河谷里，河水有四五个方块深。蜘蛛可以沿着那条河流的河岸奔跑，除非他们出现在我们的正前方，否则我们根本看不见他们。"

"你觉得我们现在该怎么办？"猎人问。

"我想我们必须知道那到底是什么东西，""游戏骑士"思索道，"但是马儿在暴风雪中肯定会受惊的，我们只能步行去。"

"对，"猎人表示赞同，"那我们走吧，不能让……"

"蜘蛛！"有人在嘈杂的暴风雪中大声喊道。

"游戏骑士"转过身子，只见他们身后有一大群蜘蛛正要爬上村庄城墙的墙壁。蜘蛛们刚踏进暴风雪里的时候有片刻犹豫，似乎他们并不想过来，而是迫于无奈才发动进攻的。

"所有人离开瞭望塔顶，到地面上集合！""游戏骑士"喊道，"小裁缝，等所有人都安全后，就封锁通往地面的楼梯。别让蜘蛛靠近我们，用你的弓箭阻止他们。"

不等小裁缝回应，"游戏骑士"就快速跑下圆石楼梯，来到地面。惊慌失措的村民们似乎都想逃到沙漠中去。

"你们别跑，这是你们的家园！"还没等众人开口，"游戏骑士"就大声喊道，"我知道你们很害怕，但是我们必须齐心协力，快！现在大家都把圆石拿出来，在怪物攻击我们之前，还有时间建造防御工事。大家赶紧在瞭望塔附近建一堵墙。"

突然，挖掘工出现在"游戏骑士"旁边，肩上扛着他的镐，立即就开始指挥修建防御工事。几分钟后，圆石墙从沙地上冒出来，在村庄的中心形成一道防御墙。

"不……我们不能只建一堵墙把自己围起来。"看到村民的举动后，"游戏骑士"开口说，"我们必须把蜘蛛引到陷阱里，这样就可以一举消灭他们。"

"你有什么建议？"挖掘工问。

"游戏骑士"思考了一会，想起了自己第一次进入《我的世界》时遇到的第一只蜘蛛。

"在这里挖个洞，"他说，"然后在这里建一堵墙，墙的边缘上要挖几个口子，接着再……"

"游戏骑士"迅速向大家解释自己的计划，村民一边听一边点头。他们不仅理解了非玩家用户的计划，同时也了解了自己目前的危险处境。

"大家都准备好了吗？"他问。

村民们点了点方形的脑袋。

"好，我们上！""游戏骑士"说。

"游戏骑士"穿过刚刚建造的狭窄通道，打开临时装在防御墙上的木门，然后他走了出去，取出一件盔甲，并用剑身敲击它，瞬间响亮的声音回响在村庄的上空。

"想抓我的话，就过来找我吧！"他大喊一声，"哪只蜘蛛想挑战我，非玩家用户在这儿等着你！"

这时，一个模糊的大身影爬上圆石屋顶的边缘，倒挂在屋顶上来回移动着，就好像地心引力对他没有任何影响一样。

"就只有你吗？""游戏骑士"问，"就一只蜘蛛？哎呀，这可比想象的要……"

"游戏骑士"一句话还没说完，这只蜘蛛后面就出现了二十多只蜘蛛。他们像一道致命的黑浪一样爬过屋顶的边缘。

"游戏骑士"把剑收起来，抽出魔法弓箭向蜘蛛射去。箭刚离开弦，一道紫色的火焰就出现在箭的末端，这团火焰里蕴含着强大的魔力。箭穿过天空的时候，另外两支箭也随即越过"游戏骑士"的肩膀划过天空，三支闪亮的箭朝着相同的目标飞去，眨眼间魔法火焰就燃烧掉一只蜘蛛的生命值，那只蜘蛛随之消失了。

"游戏骑士"回头看了一眼，只见猎人和小裁缝正站在防御墙的附近，新的箭矢已经安装妥当，随时准备射击。随着蜘蛛逼近，他们爬行时发出的咔嗒声也越来越响。他们看着死去同伴遗留在地上的蛛丝，眼睛里闪烁着仇恨的红色光芒。

一只蜘蛛飞快地向前爬了几个方块。

"都退到墙后面去，做好准备！""游戏骑士"对着朋友和身后的村民们喊道。然后他握紧手中的弓箭，全神贯注地盯着面前的怪物。

"来吧，你们这些肮脏的蜘蛛。有胆就过来抓我吧！"

他又抽出一支箭，向领头的蜘蛛射去，箭射中了蜘蛛的肩膀。蜘蛛发出一声痛苦的尖叫，然后继续向前冲，其他的蜘蛛则紧随其后。

"游戏骑士"转身快速穿过木门，不过并没有关门。当他穿过狭长的圆石通道时，看到墙壁上每个洞后都站着一个非玩家角色，他们拉开弓，随时准备射击。

"他们来了！""游戏骑士"大喊，在快要走到通道尽头时，他清楚地看见了后面跟着的怪物。

他抽出两把剑，静静地等待着。见到这两把武器后，村民们眼神中的恐惧渐渐变为了自信。

"他们来了！"有人喊道。

第一只蜘蛛走进狭窄的通道里，他看见"游戏骑士"站在通道的尽头，就像一只待宰的羔羊，于是带着身后的蜘蛛们往前冲。非玩家用户没有退缩，他就站在那里，似乎并不在意这眼前的危险，这让蜘蛛们变得更加愤怒。怪物们疯狂地拥进圆石通道，甚至都没注意到墙上埋伏着弓箭手的暗洞和通道尽头的两个活塞。

第一只蜘蛛爬到走廊的尽头，正要伸出爪子去攻击"游戏骑士"时，一只活塞被激活了，把蜘蛛撞进了旁边一个装满水的深坑里。

"快点儿，我正等着你们呢！""游戏骑士"挑衅道。

这时，第二只蜘蛛激活了另一个活塞，他也被撞到了一边，像第一只蜘蛛那样掉进了水坑里。水池周围的弓箭手立即向怪物射击，在几秒钟内他们的生命值就耗尽了。越来越多的蜘蛛冲了过来，都落得了同样的下场。他们拥进来的速度实在是太快了，完全没意识到这是"游戏骑士"设下的陷阱。最后，许多蜘蛛都掉进了水坑里，后面的蜘蛛开始犹豫是否要继续往前冲。就在这时，弓箭手们从墙上的洞里向外射击，通道两侧的箭雨打得蜘蛛们措手不及，他们发狂般地挤来挤去，企图从狭窄的通道中退出来。

"他们要逃走了！"挖掘工大叫一声。

"不可能，想都别想，""游戏骑士"说，"进攻！"

非玩家用户开始向前进攻，他穿过通道，在圆石屋顶下迎战那些蜘蛛。此时，"游戏骑士"变成了一个杀怪机器，一下猛地向左边的蜘蛛砍去，一下又跳到空中攻击右边的蜘蛛，一剑一剑劈在眼前的怪物身上。当蜘蛛"砰"的一声消失时，越来越多的村民从通道中拥出来攻击这些怪物，把他们往回赶，燃烧的箭则"嗖嗖"地穿过通道，射向那群正在撤退的怪物。

"游戏骑士"和非玩家角色们已经消灭了许多蜘蛛，剩下的那些蜘蛛想顺着前面的通道逃走。突然，一块圆石屋顶消失在一片尘土和瓦砾中，挖掘工用他的镐子击破了蜘蛛面前的墙壁。接着他又拿出一把镐，大步踏进怪物中间，挥舞出一股巨大的毁灭风暴。村民们跟随着这个强大的非玩家角色，从后方开始攻击怪物。

非玩家角色们很快消灭了大部分蜘蛛，只剩最后一只了。这只被包围的蜘蛛已经精疲力竭，他倒在地上，长着绒毛的爪子向外摊开。

克拉夫特小心翼翼地靠近那个怪物，避开了他致命的爪子。

"你们为什么来这儿？"年轻的非玩家角色问。

蜘蛛轻蔑地看了一眼克拉夫特，然后用八只鲜红的眼睛瞪着"游戏骑士"。

"到底是怎么回事？""游戏骑士"走上前，"大决战已经结束了，你们的创造者也被摧毁了。"

"他没有被摧毁，"蜘蛛说，"创造者不过是离开服务器去摧毁现实世界了。"

"游戏骑士"对着克拉夫特笑了笑，然后又看向蜘蛛。

"你被骗了，蜘蛛！""游戏骑士"说，"HIM离开服务器后就被摧毁了，是我亲手消灭了他，他不在《我的世界》的服务器里，也不在现实世界中，他已经死了。"

"你撒谎！"蜘蛛吐了口口水。

"是吗？""游戏骑士"说，"如果现实世界已经被HIM毁了，我为什么还会在这里。"

"这……你是……呃……"蜘蛛听到这个消息时，眼中希望的火焰慢慢消失了。

"战争结束了，""游戏骑士"轻声说，"HIM对整个《我的世界》的非玩家角色的影响也已经结束了。"

蜘蛛抬头看着那个非玩家用户，露出一个可怕的微笑。

"那只是……你以为。"

蜘蛛在绝望中向"游戏骑士"发起最后的进攻，他的八只爪子瞄准"游戏骑士"的头部，但没等他移动半个方块，箭就从四面八方射了过来，夺走了他最后的生命值。

非玩家用户困惑地看着克拉夫特。

"他这话是什么意思？""游戏骑士"问。

"谁知道呢？"猎人说，"现在，我们得赶在蜘蛛发动新的进攻前完成圆石屋顶的建造。只要蜘蛛们认为HIM还活着，他们就愿意为他牺牲一切。"

"她说的没错。"挖掘工一边说一边往瞭望塔走，其他的非玩家角色紧随其后。此时，他们已经从愤怒的战士变成和平的村民，手中的武器也都换成了圆石。

克拉夫特抬头看着"游戏骑士"，蓝色的眼睛里露出担忧的神色，然后困惑地摇摇头。"我们现在只能静观其变了。"他说。

"我不喜欢这样，"非玩家用户回应道，"一点儿也不喜欢。"

第六章
邻村来的人

守卫在村庄周围放哨，非玩家角色正努力建造圆石屋顶。圆石屋顶的覆盖范围越来越大，"游戏骑士"和克拉夫特穿过村庄，在每面墙壁上都放置了火把，用来照亮村庄里阴暗的地方。

克拉夫特说："保持光亮很重要。"

"为什么？""游戏骑士"问。

"僵尸和骷髅这类怪物会在光线较暗的地方生成，这也就是为什么他们通常在晚上出现。圆石屋顶会让村庄变暗，所以怪物随时都可能出现。"

"这听上去不妙啊。""游戏骑士"担忧地说。

"是的，确实不妙。"克拉夫特认同道。

他们随即一起穿过村庄，在每个阴暗的地方插上火把。

保护村庄的圆石屋顶终于建好了，大家终于可以免受骨头和雪球的袭击了。村民们也回到了正常的生活中，重新种植庄稼，照料牲畜。

多了一个奇怪的圆石屋顶遮在头上，生活不会和以前完全一样，但"游戏骑士"相信村庄已经不再受到威胁了，至少目前看来是这样的。

突然，空中响起一声嚎叫。村民们迅速拔出剑，准备投入另一场战斗。但"游戏骑士"认出了那个声音，他举起双手示意大家放下武器，不要惊慌。

"别担心，应该是我们的同伴牧人带着一些朋友来了。"他说。

就在这时，牧人穿过村庄，身后紧紧跟着十几只狼。他跑到村里的工匠面前，额头上全是汗。

"这些狼能帮大家保护村庄。"牧人解释道。

"游戏骑士"骄傲地笑了。

"它们会在村庄周围的沙漠里巡逻，提防怪物的进攻。"牧人继续说，"听听它们的嚎叫声，咱们这儿有这么多骨头，不愁它们不开心。照顾好它们，它们也会保护好你们的。"

最大的那只狼走上前，站在牧人旁边。牧人示意它到工匠身边去。于是，它便小心翼翼地走近工匠，嗅了嗅他张开的手，然后摇了摇尾巴，坐在工匠旁边。更多的狼走上前，村民们轻轻地拍着它们的背，欢呼雀跃。

"干得好，牧人。"克拉夫特微笑着对牧人说。牧人也微笑着回应。

欢呼声平息之后，猎人说："是时候制订计划了。"

"我想我们应该——"小裁缝刚开口，就被一个从瞭望塔里挤出来的村民打断了。

"又出现了，又出现了！"那个非玩家角色滑着步子停下来说着。

"发生了什么事？""游戏骑士"问。

那个非玩家角色说："邻村有人过来了，她现在正在打造室里，大家快点儿过来。"

"游戏骑士"立刻冲向大门，穿过隧道。几秒钟的工夫，他就进入了一个精心建造的房间里。一进门，他就看见一个村民坐在新出现的矿车旁边的地面上。她衣服的颜色表明她是个伐木工，苍白的脸仿佛在向大家诉说着她可怕的经历。非玩家用户一步跨两个台阶，恨不得马上冲到她面前。

但"游戏骑士"放慢了脚步，他悄悄穿过房间，绕开地板上到处摆放着的工作台和矿车轨道，小心地走到那个非玩家角色旁边蹲下身来。

"还好吗？""游戏骑士"问。

伐木工抬头看了他一眼，马上就认出了他。她长叹了一口气，方形的脸上逐渐恢复了血色。

"它们就掉落在水井周围！"伐木工叫道，"我们不知道到底怎么了，但是太可怕了。"

"发生了什么事？""游戏骑士"问道。

她把目光从"游戏骑士"身上离开，眼睛盯着地面。

"太可怕了……它们的声音……太恐怖了……一直在我脑

海里挥之不去。"

她耷拉着脑袋，像是受了很大的刺激，一句话也说不出来。

"我们得知道发生了什么，""游戏骑士"说，"她从哪里来的？"

"我认识她，"房间里的一个非玩家角色说，"她来自那条轨道上的村庄。"村民指着右边的一个隧道说。

"走吧。""游戏骑士"说。

"难道我们不应该再等等吗？"克拉夫特问，但他的话立即就被打断了。

"没时间了。""游戏骑士"坚定地说，"走吧！"

"游戏骑士"把一辆矿车放在轨道上，驾驶它进入黑暗的隧道。打造室消失在身后，他在心里不停地猜测接下来会发生什么。紧接着，一个重要的问题跳了出来：到底为什么会发生这种事情呢？

第七章
命令方块

矿车不停地发出有节奏的撞击声，加上隧道里阴冷黑暗的环境，让"游戏骑士"昏昏欲睡。他回想起之前的每一次战斗，满脑子都是HIM那充满仇恨的眼睛。在每一次战斗中，他都有机会消灭那个邪恶的病毒，但每次他都功亏一篑，让他逃跑了，甚至有几次他自己也是九死一生。要是当时能够摧毁HIM，他们现在就不用在《我的世界》里为这些"恶作剧"烦恼了。

但事实并非如此，不是吗？"游戏骑士"确信他们已经彻底摧毁了HIM，就在主世界发生这些怪异的"恶作剧"之前，他甚至敢以自己的性命担保。但现在，一连串的怪事让他心虚了。难道HIM还活着？穿过隧道的时候，"游戏骑士"内心的斗争越来越激烈。

矿车被打造室的灯光照亮，"游戏骑士"立刻被惊醒了。他把矿车从铁轨上拉下来，放进附近的一个箱子里，等待朋友们到来。过了一会儿，大家都到齐了，猎人是最后到的。

"游戏骑士"环顾四周，看到工具散落在地上，半成品的箱子悬在工作台上方，颜色暗淡尚未造好的盔甲散落在附近。

"看来他们走得很匆忙。"挖掘工说，低沉的声音在打造室上空回荡，又从各个方向传回来。

克拉夫特提议道："我们还是上去看看到底发生了什么情况吧。"

"游戏骑士"点点头，走在前面带路。他拔出钻石剑，踏上台阶，穿过隧道，直达圆石瞭望塔。他从窗口向草地村庄看去，一切仿佛都很正常：沙漠里有几块草地，村庄里零散地分布着一个个木屋，一道高高的圆石围墙环绕着整个村庄。除了没有一个人影之外，其他一切都很正常。

"大家都去哪儿了？"小裁缝问。

"不知道，""游戏骑士"回答道，"我们四处看看。"

他打开门，听到了一个让他无法平静的声音——一种动物惊恐时发出的尖叫声，但这个声音只响了一下就立刻消失了。

"是什么在叫？"克拉夫特问，他把头探出去，环顾四周。

"是羊！"牧人一边喊一边冲出了瞭望塔，朝着尖叫声跑去。

"牧人，等等！""游戏骑士"在后面大声喊，但牧人丝毫没有减速。

"游戏骑士"用最快的速度追赶牧人，他穿过村庄空旷的小道。当到达尽头的一幢房子时，他拐了个弯，想赶紧跟上牧人的步伐。当他以为离牧人还有一段距离时，却差点儿撞上他。

在牧人和"游戏骑士"面前，村民们一动不动地站在那，四周一片死寂。人群的不远处是村庄里的一口水井，那是用圆石建造的，水井顶部有方形的保护顶。

"发生什么事了？""游戏骑士"望着天空，不解地问。

那些羊是从天上掉下来的，摔在了水井旁边。这些可怜的动物掉下来的时候发出咩咩的尖叫声。一落地，就"砰"的一声消失了。

太可怕了。

小小的羊毛方块飘浮在水井附近的地面上，掉落物里还有一些工具和盔甲。"游戏骑士"扫视了一眼人群，想找一个穿着黑色长袍的村民。但他眼前只有村民们方形的脑袋，许多人都在低头看着地面哭泣。"游戏骑士"继续环顾人群，终于看到那个穿着黑色长袍、一头黑发的村民——这个村庄的工匠。

"这里发生了什么事？""游戏骑士"走近他问道。

"我也不知道。"工匠一脸悲伤地回答道。他转过身，眼含泪水地看着"游戏骑士"。

"它们无缘无故地从天上掉下来，"工匠的声音因为情绪不稳有些颤抖，"你听它们在空中惊恐的叫声……天哪……它们坠落时一定很害怕。怎么会有人做出这种事？"

"你们为什么不建一个水池来接住它们？""游戏骑士"

挤过人群，问道。

"我们试过了。"工匠回答道。

"建造工和雕刻工都试过了，"其中一个村民说，"但是每只羊都很重，它们从这样的高度落下来，本来就很危险，而且——"

村民不说话了，情绪一度失控，然后他指着飘浮在羊毛方块中间的盔甲、工具和武器，说："那些就是先前两个自愿帮忙的村民留下的。"

"我们得做点什么，"牧人喊道，眼里流露出恐惧，"我要出去……"

"不，牧人！""游戏骑士"坚决制止道，"你照我说的去做。"他转身对工匠说，"我现在需要四桶水，马上！"

工匠看了他一眼，想揣测他的想法，但想到整个村庄已经无计可施，也许"游戏骑士"能想出一个他们没有想到的解决办法。工匠转过身看着站在旁边的村民们大声问道："有人有水吗？"

马上就有四个装满水的桶递到他面前。"游戏骑士"示意牧人把它们收集起来放入工具包。他把牧人拉到身边，轻声在他耳边说："你尽可能跟紧我。明白吗？"

牧人点点头。"游戏骑士"伸出右臂，紧紧搂着他，然后用左手掏出盾牌。

"'游戏骑士'，你们在干什么？"挖掘工站在后面问。

"我们要帮助那些羊。"他回答。

"但是羊太多了，"挖掘工抗议道，"你的盾牌经受不住这种撞击。"

"游戏骑士"没有理会挖掘工继续向前走。他把长方形的盾牌举在自己和牧人的头顶上。第一只羊撞了上来，盾牌差点被撞碎。显然，他还没做好充足的准备迎接这股冲击。"游戏骑士"使出浑身力气抓住盾牌的把手，另一只手紧紧拉住牧人，慢慢向前走。

"等我们靠近水井的时候，你就躲到水井的保护顶下。""游戏骑士"大声说。

牧人抬头看着朋友，一边擦眼泪，一边点点头。

越来越多的羊撞在盾牌上。一度有两只羊同时落下，牧人的手臂几乎支撑不住了，但是"游戏骑士"依然坚持着。惊恐的叫声从四面八方传来，他们现在离水井只有四个方块的距离了。

"加油，牧人，我们得快点儿。""游戏骑士"说。

他们俩加快了步伐。一到水井的保护顶下，牧人和"游戏骑士"就同时跳上了方形水井的边缘，如果一不小心掉进井里，很可能永远都出不去了。

牧人小心翼翼地往地上倒了一桶水。水向四周流动，在地面上形成了一层薄薄的积水。这一层水足以降低羊掉下后损失的生命值。它们掉下来后没有当场消失，至少都活了下来。牧人沿着井边小心移动到下一个角，把下一桶水倒向草地。像之前那样，落在这块地面上的羊也都幸存下来了。"游戏骑士"看着那群白色的动物挣扎着离开水面，逃脱出来后，就开始在村庄里四处走动，好像什么也没发生一样。

牧人像走钢丝一样小心翼翼地沿着井边，又走到下一个角。他像刚才那样把水倒在地上，让羊有机会活下来。当他走到第四个角，准备倒最后一桶水时，"游戏骑士"拦住了他。

"牧人，等等，""游戏骑士"边说边走到他身后，"那里有个标志牌，我先去看看那上面写了什么。"

牧人点了点头。

"游戏骑士"把盾牌举过头顶，从天上掉下的羊立刻猛烈地砸在他的盾牌上。金属盾牌在撞击下出现了小裂纹，他必须抓紧时间。他在井边绕了一个弯，停在标志牌前快速阅读，然后跑回井旁的安全地带。

"赶紧……倒！""游戏骑士"在羊的咩咩声中大喊。

牧人把最后一桶水倒在井边，水迅速覆盖了这片草地。标志牌被连根拔起，冲到一边。

在标志牌原先的位置，"游戏骑士"似乎看到了隐约闪现的深红色光芒，好像某种红光被埋在地下。这让"游戏骑士"陷入了沉思。

"牧人，待在那儿别动。""游戏骑士"说。

他把盾牌举在头上，再次跑出安全地带。所有人都为他欢呼着，但"游戏骑士"顾不上回应他们。此刻还有另一个谜团需要他解开，那个标志牌下面的红光到底是什么？

"游戏骑士"放下盾牌，掏出铁锹开始挖。他在地上挖了大概三个方块深的阶梯，然后径直向标志牌所在的地方挖去，他越挖越远，很快就被黑暗包围了。突然，他身后亮起了一道光。他瞥了一眼，看见克拉夫特站在身后，正把一支火把插在墙上，另一支则抓在手里。

"虽然我不知道你在做什么，但我会尽我所能帮助你。"

"游戏骑士"点点头，转身继续挖掘。他估计离红光还有六个方块深。这时，他感觉到有水滴落在头发和肩膀上，原来他们正位于牧人制造的水池下面。他朝上瞥了一眼，发现泥土块已经出现了裂缝。水虽然保护了羊，但也在慢慢朝土里渗透。

他得加快速度了。

他用尽全力挖掘着，渐渐缩短了与目标之间的距离。又挖了两个土块后，他知道现在已经离红光不远了。接着，他又挖了两个土块，下一个土块的边缘露出了微弱的红光。刚把外围的泥土去掉，"游戏骑士"惊讶得倒吸了一口气。

"你看到了什么？"克拉夫特很好奇。

"过来看。"

克拉夫特走到朋友旁边，脸上也露出惊讶的神色。

"这是什么？"克拉夫特问。

他们面前出现了一个空房间，大约三个方块宽，十二个方块长，两个方块高。发光的红石电路纵横交错，都连接着一系列复杂的中继器和比较仪，闪烁的红光穿过设备，像心脏一样跳动着。"游戏骑士"认出了标志牌正下方的一个方块：命令方块。但是这个和他以前用过的不同，它上面有橙色的格子纹路，每个面上还有像信号灯一样的东西。

"这是红石定时器电路，""游戏骑士"说，"那个奇怪的方块叫作命令方块。肯定是它在空中刷新出了羊。"

"红石定时器？命令方块？"克拉夫特糊涂了。

"游戏骑士"没有解释，而是清除了面前的一块泥土，然后走进房间。他迅速挥动铁锹，切断了红石电路，红光瞬间消失，房间一片漆黑。克拉夫特取出火把插在墙上。

"你说这个橙色方块就是让那些羊摔死的罪魁祸首？"

"游戏骑士"点点头。

"那么让牛和猪乱了套，还有生成了骨头与雪球也是因为命令方块吗？"

"游戏骑士"再次点点头。

克拉夫特的脸沉下来，看上去十分愤怒。他从工具包里拿出一把铁镐，使劲挥舞着砸向橙色方块，但是铁镐被弹开了，并没有给橙色方块造成任何损害，就像在用木锹挖钻石一样。他又使劲砸了一次，铁镐又被弹了回来，橙色方块上依然没有任何痕迹，反倒是铁镐被磨损得铁屑四处飞溅。

"你摧毁不了它，" "游戏骑士"说， "它们就像基岩一样坚不可摧。"

"那我们应该怎么做？"克拉夫特问。

"我们必须摧毁红石电源，我刚刚已经做了。" "游戏骑士"抓着克拉夫特的铁镐，小心地压了下来， "我向你保证，命令方块已经没用了。"

克拉夫特松了一口气。

"牌子上写着什么？"

现在轮到"游戏骑士"叹息了。

"上面写着：'这些都是"游戏骑士"惹下的祸。准备接受报应吧。下一个村庄见。'署名是HIM。"

"游戏骑士"注视着克拉夫特那双明亮的蓝眼睛，起了一身鸡皮疙瘩。这怎么可能呢？他想。HIM还在《我的世界》里吗？他还活着吗？

所有的村民都说他们可以感觉到服务器上的HIM已经消失了，但是这些标志牌和命令方块又怎么解释呢？他开始怀疑HIM是否真的死了，难道真是他惹的祸？

"都是我的错吗？"他问自己的朋友，声音小到几乎听不见。

"当然不是，"克拉夫特坚定地说，"但是我们必须尽快告诉其他人。既然已经找到了命令方块，我们就可以帮助其他村庄了。加油！"

第八章
HIM的洞穴

骷髅之王收割者高高地端坐在他的骷髅马上，一顶骷髅做的王冠斜扣在他惨白的头顶上。他身后是一百个士兵，都是作战经验丰富的弓箭手。军队走到隧道口时，骷髅之王跳下马，把骷髅马的缰绳交给一个手下。

"现在走哪条路？"他问身边的那只黑色大蜘蛛。

"跟着我走吧。"蜘蛛发出咝咝声，回答道。

蜘蛛飞快地爬进地道，红色的眼睛在黑暗中显得更加明亮，骷髅军队跟在他后面飞快地奔跑着。蜘蛛带着骷髅士兵穿过许多迂回曲折的小道，如此看来，没有蜘蛛领路是不可能原路返回的。

要是我迷路了，他们肯定会在里面对付我的军队，骷髅之王想，这只蜘蛛是不是来迷惑我们，好让我们无法离开这里？沙瓦拉克在玩什么把戏？

但随后骷髅之王便注意到墙的高处有蜘蛛网的痕迹，这些痕迹被小心地藏在了阴影中，以防被发现。那些应该是指引蜘蛛前行的记号。骷髅之王继续跟随这个怪物穿过曲折的通道，并一路留意标记的位置。很快，他们穿过一段隧道，隧道的侧面有一个很大的洞口。骷髅之王停下脚步，通过洞口，他看到下面有一个巨大的洞穴，里面有燃烧的红石火把，一座狭窄的桥从洞口延伸出来，一个方块宽的十字路口通向一个大圆石平台，看起来像是飘浮在洞穴的中间，只有一些关键位置连接着墙壁。平台下一片漆黑，洞穴一直延伸到阴影深处。之后，又有一座桥从圆石平台上伸出来，尽头笼罩在黑暗之中。骷髅之王勉强看见一些方块之类的东西，但也辨别不出那到底是何物。

"那是……咝咝……HIM的洞穴。"蜘蛛解释道。

"我知道，蜘蛛，"骷髅之王厉声说，"我以前来过这里。你负责带路就好了。"

蜘蛛没说话，继续往前走着，穿过倾斜的通道。几分钟后，他们来到了洞口。

"我的女王下了……咝咝……命令，骷髅要用生命……咝咝……保护这个……咝咝……入口，阻止任何玩家或非玩家角色进入。"蜘蛛说。

骷髅之王向他咆哮道："蜘蛛，你没资格给我下命令，滚开。"

八条腿的怪物怒视着骷髅之王，随后转身穿过隧道，他应该是到地面去了。

骷髅之王拿出自己那把用白骨做成的巨型长弓，大步跨过狭窄的石桥，无视两边致命的陷阱，踏上大圆石平台。他的军队移动到桥边，却不敢跟着他们的首领继续往前走，许多骷髅士兵站在桥边，战战兢兢地盯着下面黑咕隆咚的深渊。收割者从工具包中抽出一支箭，扔下石桥，半天都听不见动静。随着时间一秒一秒地过去，骷髅们变得越来越不安。终于，箭"叮"的一声落地了。

"嗯，这座桥竟然这么高。"骷髅之王自言自语道。

"是的……嗞嗞，比你想象的要高得多。"一个声音从他身后传来。

骷髅之王一边转过身一边迅速从工具包中抽出一支箭，把它搭在弦上，但随即他又利索地把箭收了起来，因为在他面前的是蜘蛛女王沙瓦拉克，他认出了那双紧盯着自己看的紫色眼睛。

"我们已经按照HIM的要求去做了，"骷髅之王放下弓箭说，"这是我手下一百个最精悍的战士。我们已经做好和那个非玩家用户作战的准备了。"

"非常好，"沙瓦拉克说，"守卫好这个地方……嗞嗞……蜘蛛们已经发现了'游戏骑士'，HIM正在报复……嗞嗞……那个非玩家用户和《我的世界》里的所有人。远处那个平台上……嗞嗞……放着他最伟大的发明。他会摧毁……嗞嗞……所有村庄，'游戏骑士'只能眼睁睁看着这一切发生。"

蜘蛛女王穿过圆石平台走到另一座只有一个方块宽的桥上，桥面伸展到黑暗中，另一边隐藏在视线之外。收割者紧随其后。上次他没能仔细观察这里的方块，心中满是好奇。

他们走近了一些，但骷髅之王仍旧认不出阴影中那些奇怪的方块，地面上有几根线把它们连在一起。在平台的另一边，他看到墙上有个洞，明亮的橙色岩浆从洞里流出来，落入下面的一个大水池里。洞穴墙壁高处的定时器上显示的数字是82……滴答……不对，现在是81了。

沙瓦拉克咝咝地说："'游戏骑士'很快就来了……创造者已经预言了……"

"你说'创造者的预言'？"骷髅之王不解地问。

蜘蛛女王没有回答他。

骷髅之王说："我只是希望创造者能把他的一部分代码留在服务器上，要是村民都被毁灭了，创造者肯定很开心，我们也会很开心。"

"创造者制订了……咝咝……他的计划……咝……"蜘蛛女王说，"我们不能质疑……咝咝……他的计划。他已经去报复现实世界了……咝咝……我们只要在这里执行他最后的命令。"

骷髅之王嘟哝着，一副满不在乎的样子，然后抬头看了看嘀嗒作响的定时器。他环顾着自己所处的平台，思考着如何防御非玩家用户的进攻。在目前的环境下，他手下的士兵没有可藏身之处，他们只能暴露在外进行攻击——这可不好，不过他们可以堵住通向圆石平台的窄桥。

骷髅之王说："我们把该做的准备都做好，我已经吸取教训了，不会再低估那个非玩家用户。可万一他带来的村民比我的士兵还多呢？"

蜘蛛女王爬到一个石质台面旁，那里有一个奇怪的方块。在昏暗的光线下，收割者看到方块上有橙色的格子纹路。方块旁边有一个用杠杆操作的开关，开关正处在"关闭"的位置。

"创造者把这个……咝咝……方块留给我们对付……咝咝……'游戏骑士'，"沙瓦拉克解释道，"要是'游戏骑士'打败了你的骷髅们，他就得对付……咝咝……这个方块刷新出来的所有蜘蛛。只要我打开这个开关，就会刷新出无数个蜘蛛兄弟姐妹，我们的敌人没有任何获胜的机会。"

骷髅之王点点头，他对这个万无一失的计划很满意。如果"游戏骑士"能够侥幸越过外面的蜘蛛，甚至还能通过他的骷髅军队，那么蜘蛛女王就会召唤数百个手下来终结那个非玩家用户和他的朋友。

骷髅之王仰起头，发出干巴巴的笑声，声音在石壁间回荡着。

"太棒了！"收割者看着他毛茸茸的盟友说。

他盯着蜘蛛女王，看见沙瓦拉克紫色的眼睛越发明亮，充满邪恶。

第九章
失控的狼群

"游戏骑士"和他的伙伴们从隧道里出来，来到下一个村庄的打造室。他第一个从矿车里跳出来，手持一把钻石剑，扫视了一圈打造室。工作台前的非玩家角色们神色古怪地盯着"游戏骑士"。

挖掘工站到他身边，举起两把铁镐准备着。他也观察了周围的环境，知道这里很可能有另一个陷阱在等着他们。确定没有危险后，他才放下那巨大的工具。

"HIM的命令块肯定在地面的某个方块上。""游戏骑士"说。

他瞥了一眼身后，朋友们正陆续从隧道里出来。

"走吧，各位，""游戏骑士"大喊，"到地面上去！"

一行人走到打造室外的楼梯上。"游戏骑士"挤进楼梯顶端的铁门，快速穿过隧道，来到瞭望塔的秘密入口处。他爬上了高高的梯子，来到瞭望塔内部，然后快步走到窗边，向外望去。

眼前的一切让他难以置信。

　　这个草原村庄里的村民们正如往常一样地生活着。他们收割庄稼，照料牲畜，修理工具，村庄看起来是那么和平、安宁。

　　"游戏骑士"打开门，手持钻石剑冲了出去。环顾这片区域后，他马上意识到这个村庄有些奇怪，但他也说不上来究竟是哪里不对劲。

　　"你注意到了吗？"克拉夫特问。

　　"注意到什么？""游戏骑士"一边问一边左右扫视着，寻找潜在威胁。

　　"这里没有墙。"克拉夫特说，他的脸上露出困惑的表情。

　　"游戏骑士"转了一圈后终于意识到了：村庄周围没有任何防御设施。这个村庄就建在草地上，四周围绕着巨大的针叶林。高耸入云的云杉和柔软的叶状蕨类植物形成了一个保护伞，将村庄隐蔽起来，就像一堵天然的防护墙。"游戏骑士"意识到，这是一片隐藏在服务器内部的宁静天地。

　　克拉夫特说："怪物很可能不知道这个村庄。"

　　"游戏骑士"点点头，笑了。

　　"你们说的完全正确。"一个村民一边走来一边向他们解释。他瞥了一眼"游戏骑士"，看到"游戏骑士"的钻石盔甲和钻石剑后，他皱了皱眉头，说："所以我们才喜欢这里。"

　　他走到"游戏骑士"和克拉夫特面前。

　　"我是这个村庄的工匠，从我的穿着你们应该能看出来。

我们的村庄处在针叶林中间，位置非常独特，所以我们躲过了服务器带来的所有麻烦，"工匠用手指了指周围，"我们与主世界的怪物没有任何冲突，这些天然的防护墙让我们与世隔绝。所以冒昧问一句，你们来这里干什么？"

"我们觉得你的村庄可能会受到攻击。""游戏骑士"说。

"不可能，"工匠不信，"我们会受到什么攻击？"

"嗯……我们也不知道。""游戏骑士"很尴尬。

猎人咯咯地笑了起来。小裁缝捶了一下她的手臂。牧人往前穿过村庄的栅栏，停了下来，一动不动地站在那儿。

"你听见了吗？"他笑着对"游戏骑士"说。

"听到什么？""游戏骑士"疑惑地问。

"朋友们！"那个身材瘦长的男孩兴奋地喊道。

就在这时，森林中隐约传来几声嚎叫——是狼。那声音听起来充满了力量和自豪。很久以前，游戏开发者就创造了狼群，这是一个反病毒程序，用来对抗HIM及其他怪物。

狼是牧人坚定的盟友和朋友，牧人能用一种不可思议的方式与它们沟通，这种毛茸茸的动物总是愿意听从他的指令。牧人从工具包里掏出一把骨头，满怀期盼地望着森林。

"等一下，""游戏骑士"看见牧人一脸兴奋，急忙说，"附近有个陷阱，HIM在这个村庄埋下了一些命令方块，但还没被激活。我们应该待在一起，搞清楚那些方块被激活后会发生什么，然后再做下一步行动。"

狼从四周靠近村庄，嚎叫声越来越大。村民们纷纷从家里出来，与来访者一起聚集在村庄中心，脸上洋溢着友好的笑容。听到森林里动物的叫声，他们很兴奋，方块状的手上都拿着骨头，准备款待即将到来的动物朋友。

但是，不一会儿，狼的叫声就变得有些奇怪了。威严的嚎叫变成了愤怒的咆哮。"游戏骑士"看到这群动物在森林的边界上停了下来，阴影中，它们白色的毛发根根倒竖。

"它们在干什么？"牧人皱着眉头问，"为什么不到村庄里来呢？"

"游戏骑士"眯起眼睛，神色紧张地盯着这些动物。他发现这些狼的眼睛是鲜红色的，它们咆哮着，龇着牙，怀着莫名的敌意。牧人也意识到了这一点。

狼群咆哮着慢慢走出森林，向村庄走来，它们龇着锋利的牙齿，眼睛里燃烧着愤怒的红色火焰。

"大家慢慢往后退，""游戏骑士"一边拔剑一边说，"这群狼有点儿不对劲。它们好像被什么激怒了。"

"狼一直都是我们的朋友。"一个村民无视警告，跑出去用手里的骨头迎接它们。没等他靠近那些动物，它们就扑向了他，十几只狼在那一刻同时发起了进攻。

"哦，不！"牧人尖叫起来。

"游戏骑士"想去救他，但为时已晚。不一会儿，那个村民就被狼群消灭了。

"发生了什么事？"克拉夫特问。

"我不知道，""游戏骑士"也不解，"大家都小心点！"

狼群越靠越近。"游戏骑士"环视四周，看到狼群已经把村庄包围了。大概有一百多只狼，每只都双眼通红，毛发倒竖。

"是HIM，"猎人说，"肯定是他做的，虽然我不清楚他是怎么做到的。"

"我们必须尽快找到命令方块，不然这个村庄就要被毁灭了！"克拉夫特喊道。

"快躲到打造室去！"一个村民喊道。

"不要动，站住！"牧人尖叫道，"狼会攻击移动的人。"

但那个村民没有听他的，径直跑向瞭望塔，试图越过那群危险的野兽。可这时，十只狼从狼群中跳了出来，落在逃跑的村民身上。像之前那样，这个可怜的村民很快就消失了。然后狼群转身面对"游戏骑士"。

"游戏骑士"拿出了第二把剑，用目光在村庄里寻找标志牌，他知道它肯定被藏在某个地方。

"我看到了，"挖掘工也是这么想的，"在那儿！"他用铁镐指着标志牌。

"游戏骑士"转过身，看到铁匠铺旁边立着一个标志牌。

"游戏骑士"说："那一定是埋藏命令方块的地方。牧人，用你的铁锹把泥土挖开，打破红石电路。"

"我们其他人呢？"克拉夫特也想帮忙。

"保护牧人，""游戏骑士"回答道，"我敢肯定这是令狼群愤怒的命令方块。我们需要阻断这些方块，保护这个村庄。大家准备好了吗？"所有人都点点头。"好的……跑！"

一行人准备好武器，向铁匠铺冲去。狼群马上行动，想拦截他们。只见它们飞扑过来，愤怒的咆哮声响彻空中。"游戏骑士"是第一个到达铁匠铺旁边的。他转过身，看见一只狼靠近了小裁缝，于是立即放下剑，拔出弓箭，朝狼射过去。魔法箭燃起火焰，狼被击中后，痛苦地嚎叫着，火焰箭消耗着它的生命值，迫使它放弃攻击转身逃走了。"游戏骑士"听见狼的嚎叫声，心痛不已，但他不能让狼伤害自己的朋友。

他拿起剑用力挥舞着，向前冲去。其他人也到达了铁匠铺，在牧人周围形成了一个保护圈，男孩正疯狂地挖着土。一只狼冲出来咬住了"游戏骑士"的腿，锋利的牙齿在他的护腿上刻下了深深的咬痕。"游戏骑士"翻转剑身，用钝的一面砍向狼。狼咆哮着又咬了他一口。

"快点，牧人！""游戏骑士"一边大叫，一边用脚驱赶狼，"我不想伤害狼。"

狼又向他扑来，突然，挖掘工用镐砸向这只狼，将它砸飞了出去。"游戏骑士"还没来得及向他表示感谢，又有两只狼发起了袭击。它们向"游戏骑士"猛扑过去，露出了锋利的牙齿。"游戏骑士"别无选择，只好拿出钻石剑砍向它们。钻石剑刺进它们的身体，狼痛苦地嚎叫着。

"抱歉。""游戏骑士"自责地说。这时，动物们再次发起进攻。这一次，他拔出了铁剑，这样可以减轻对狼的伤害。"游戏骑士"的铁剑劈在两只狼身上，使它们失去了更多生命值。狼群哀嚎着往后退去，瞪大眼睛盯着"游戏骑士"，眼睛里燃烧着仇恨的红光。它们蹲下身，准备再次发动进攻，但"游戏骑士"知道，这次这些狼不可能再从他的剑下活下来。

"求你们，别这样，""游戏骑士"恳求道，"我不想伤害你们。"

但两只狼仍向前逼近，他往后退了一步。

"快点，牧人，"他催促道，"快点！"

两只狼咆哮着，它们匍匐得更低了，然后一跃而起，尖牙直接对准了"游戏骑士"。

第十章
陷入自责

牧人大声喊道："我找到了！"

红石电路被牧人摧毁的时候，发出了一阵响亮的噼里啪啦声，命令方块被关闭了。狼群立刻停止了咆哮。两只跳到半空中的狼，眼睛也从鲜红色变回了平和的黑色，它们的毛发也变得顺滑了，摇着尾巴。"游戏骑士"放下剑，接住跳在半空中的两只动物，将它们放回到狼群里。牧人立刻掏出骨头，很快驯服了这些动物。

"游戏骑士"站了起来，他拿出牛排，给每只狼喂了一块，好让它们恢复生命值，还伸出手抚摸它们。

"大家都还好吧？""游戏骑士"擦去额头上的汗水。

他瞥了一眼同伴，大家看起来多少都受了些伤。

"怎么会这样？"克拉夫特说，"狼以前从来不会攻击我们！"

"游戏骑士"四处走动着，他看到一个村民瘫坐在地上，旁边散落着那些死去的人掉落的物品。

"狼一直是我们的朋友。"村民一边擦眼泪一边说。

"它们现在也是你们的朋友，"牧人生气地说，"这都是HIM干的'好事'，他用命令方块控制了狼的思想。"

克拉夫特站起来把那些物品收集起来，然后走到铁匠铺旁边的标志牌那里。"游戏骑士"也跟了过去，看了看牌子。

"上面写了什么？"小裁缝问。

"上面写着'好戏还在后头'。""游戏骑士"读了出来。

"房子后面还有另一个标志牌！"挖掘工在铺子的另一边喊道。他在标志牌底部小心地挖着，查看有没有其他的命令方块。确定没有后，他终于松了一口气。

"上面写了什么？""游戏骑士"问，同时心中默默祈祷，千万别跟他想的一样。

挖掘工抬头看了看牌子，脸上露出了焦虑的神色，然后来到"游戏骑士"身边。

"怎么了？""游戏骑士"问道。

挖掘工用同情的目光望着"游戏骑士"。"游戏骑士"走到铁匠铺的另一边，抬头看了看牌子。他最担心的事情还是发生了。

挖掘工用悲伤的声音说道："上面写着'这一切都是"游戏骑士"的错。他应该早点投降。'署名是HIM。"

"游戏骑士"叹着气走开了。他想，如果我能早点想出打败HIM的办法，那些人是不是就不会死掉呢？

挖掘工狠狠地把标志牌砸成碎片，发出的响声打断了"游戏骑士"的思路。

"这不是你的错，"克拉夫特安慰他，"这都是HIM做的，不是你。"

"要是我早点把爸爸带到这里来，而不是藏着掖着，说不定我们早就抓到HIM了。""游戏骑士"低头看着地面，平静地说。

"你也不知道事情会发展成这样！"猎人安慰说，"我们没法预测事情的走向，所以你不必揽下所有的责任。"

"可是如果……""游戏骑士"想继续自责，但被猎人打断了。

"没有如果，眼下积极应对才是最要紧的，"猎人说，"现在，我们要弄清楚下一次袭击的地点，在村民受伤之前赶到那里。"

"没错。"克拉夫特表示赞同。

看到朋友们脸上坚定的表情，"游戏骑士"欣慰地松了口气。大家都有信心解决这个问题，他也希望自己能有同样的信心。但是他们如何知道下一次袭击的地点呢？

克拉夫特说："我们先去打造室，然后想想接下来该怎么走。"

就在他们准备出发的时候，一些村民从瞭望塔里拥出来，身上都湿透了。

"发生了什么事？"猎人问。

　　一个村民跑到她身边，停下来不住地喘气。"游戏骑士"看到他的生命值很低，于是从工具包里拿出一块面包递给他。村民快速吃掉了面包，向"游戏骑士"点头致谢。

　　村民说："打造室被淹了，水从所有隧道里涌了出来，整个打造室都泡在水里。我们试过找到出水口然后堵上它，但出水口似乎不止一个。隧道目前已经不能用了，矿车轨道也已经受损。如果有人要用矿车，就可能会被淹死。"

　　"看来我们的每一步都被HIM料到了，"克拉夫特嘲讽地说，"显然他不希望我们使用矿车。"

　　"那我们就徒步去吧，"挖掘工一边说一边把镐扛在肩上，"往哪边走呢？"

　　"最近的村庄怎么走？"克拉夫特问那个全身湿透的村民。

　　"你们先穿过针叶林，然后再穿过平顶山。"村民指着东北方说。

　　"好的，我们知道了。走吧。"克拉夫特说。

　　"每个人先收集一下用得上的补给。"挖掘工说。

　　"牧人，我觉得你最好把狼都留在这个村庄里，"克拉夫特对牧人说，"在防护墙建成之前，村民们需要狼群的保护。"

　　小裁缝走向前说："不过，我们也应该带一些狼来保护我们自己，我想主世界的怪物也会盯上我们。"

　　"没错。"克拉夫特赞同地点了点头。

牧人从工具包里取出骨头，走进狼群，用骨头把它们都驯服了。很快，所有狼的脖子上都套着一个红色的项圈。他把十几只狼带到一边，跪下来，在它们耳边低语，给每一只狼下达了命令。然后他面对着狼群，站起身来。

"保护村民。"牧人用坚定的声音说。

狼嗥叫着在村庄里散开来，一些狼朝树林里跑去，查看那里是否有危险。

"大家都去收集物品，""游戏骑士"说，"我们不知道什么时候才能到达下一个村庄，所以必须做好充分的准备。"

一行人分散开来，分别去找村民们收集物品。村里的工匠为"游戏骑士"和他的朋友们修补了盔甲和武器。"游戏骑士"站在村庄的边缘，凝视着村庄周围的黑色云杉林。不知为什么，他觉得森林里好像有东西在盯着他。难道是错觉吗？

"你不能让HIM的话影响你，"克拉夫特安慰他，"那样正中他的计谋。"

"但是——"

克拉夫特举起一只手，让他先别说话。

"不要被他牵着鼻子走，"克拉夫特说，"一旦你开始自责，你就掉进了他的圈套，这是他最想看到的。你认为这是最好的办法吗？"

"当然不是。""游戏骑士"羞愧地低下了头。

"所以你应该昂起头来，保持自信。你是非玩家用户，是你打败了HIM，结束了他的恐怖统治。挺起胸膛来！"

"游戏骑士"勉强抬起头，站直了身子。

"好多了，"克拉夫特说，"现在，去拿些补给品。我们要在中午前离开。"

"游戏骑士"朝克拉夫特笑了一下，转身去村民那里收集食物和火把……当然，还有炸药和炸弹。

而此时，潜伏在高耸云杉树枝上的蜘蛛看到了一切，他想嘲笑那些愚蠢的村民，但他明白此刻自己必须隐藏起来。他看着非玩家角色们四处忙碌收集物品，心想，多可怜！蜘蛛闭上了红色的眼睛，把自己的想法传达给蜘蛛女王，然后等待新的命令。听到沙瓦拉克的命令后，他露出了阴险的笑容。知道自己的同伴就要摧毁非玩家用户了，他的眼睛闪耀着鲜艳的红光。

第十一章
峡谷遇险

正午时分，一行人离开了村庄。炙热的阳光透过头顶的树叶，在地面上留下斑驳的光点。有了光亮，他们应该不会碰到僵尸或骷髅，但即便如此，他们仍密切注视着周围的环境。牧人的狼群把大家围在中间，这让所有人都稍微安心了一些。

挖掘工领着他们向东北方前进，往最近的村庄走去。据上一个村庄的工匠估计，他们可以在黄昏前赶到那里，前提是他们必须抓紧时间。

"你有没有觉得这片树林给人一种奇怪的感觉？""游戏骑士"问猎人。

猎人转过身来看着他，她的附魔弓在周围的树上投射出一道紫色的光芒。"对……像是被监视了一样。"猎人低声说。

"游戏骑士"点点头，然后抬头看向树梢。自从他们离开村庄后，他就一直盯着那些深绿色的叶子，总感觉头顶不时有东西在移动，这点他确信不疑。

"我们再快点吧。""游戏骑士"低声说。

　　他们想像狼一样悄无声息地跑起来，但根本做不到。

　　很快，他们到达了森林的边缘。"游戏骑士"坐下来，喘了口气。他的面前是一片奇怪的景象：棕色、褐色、米色和芥黄色的条块一层层延伸到高原上。到处都是狭窄的棕色山谷，陡峭的山坡一层层显露出了不同的色彩。这让"游戏骑士"想起自己在夏令营里做的沙雕——把不同颜色的沙子倒进花瓶里，每一层都是不同的颜色。现在，这里的景色就是这个样子。

　　高原之外是连绵不绝的山脉，狭窄的山脊十分艳丽。山脉不是很高，却非常陡峭。在山脚周围，是一片错综复杂的浅沟壑，虽说只有十到十二个方块深，但四周是几近垂直的峭壁，根本无法攀登。"游戏骑士"认出那是峡谷群系。

　　"下一个村庄就在那个生物群系的另一边，"克拉夫特说，"越过这些棕色尖顶就能到了。"

　　"那是峡谷群系。""游戏骑士"说。

　　"我以前从未见过。"克拉夫特说道。

　　"太棒了！"挖掘工很兴奋，这个身材强壮的非玩家角色瞪大了蓝绿色的眼睛。

　　"我们继续走吧。"小裁缝提议道。

　　"好啊，正好欣赏一下这里的景色，"猎人补充了一句，"我可不想天黑之后还留在峡谷中，那样会被怪物包围的。"

　　"没错，""游戏骑士"赞同道，"我们快走吧。"

　　他们继续前进，蹚过一条狭长的小溪，小溪把针叶林和峡谷分割开来。牧人的狼飞奔而过，这群毛茸茸的动物快速穿行在水中，从斜坡奔跑到峡谷顶端。"游戏骑士"惊讶它们居然能跑得这么快。他转过身来看了看牧人，牧人面带微笑，露出了自豪的神情。

"我们爬到峡谷顶上后找一条近路，直接穿过这片区域吧。"克拉夫特建议道。

"游戏骑士"点了点头。他们爬上了通向峡谷顶端的那条逐渐变陡的斜坡，山顶的地面很平坦，脚下是一片棕色的土地。实际上，周围所有的土地都是一样的颜色。棕色向四面八方延伸，无数山谷斩断了看似无尽的平原。山谷弯曲迂回，"游戏骑士"知道跨越这些山谷会耽误他们很长时间，所以他们必须直接从峡谷的山顶越过去。

"这是东北方。"挖掘工边走边说。

"我们直接跑吧！"猎人跑过他身边的时候说。

大家也跟着她开始快速奔跑。有时候为了爬上峡谷的另外一边，他们不得不绕远路，然后继续向东北方前进。"游戏骑士"一边跑一边观察周围的环境，以防有危险。他不喜欢一直待在山顶，暴露在空旷的环境里让他没有安全感。怪物可以在很远的地方看到他们，而且一旦夜色降临，怪物就很难被发现。

"'游戏骑士'。"克拉夫特跑到他旁边。

"怎么了？"

"有蜘蛛！"

"在哪里？""游戏骑士"问道。

克拉夫特向他的右后方示意。

"游戏骑士"假装不经意地朝他示意的方向看去。在右方稍远的地方，他看到了一群蜘蛛。要是他没看错的话，至少有二十只。

"我也见过他们，就在几分钟前，"小裁缝说，"他们当时在左边的山脊上闪了一下。"

"在左边？""游戏骑士"问。

他看向左边，倒吸了一口气。

"也就是说，两边都有。"挖掘工说着，拔出铁镐。

"游戏骑士"往两边瞥了一眼，倒吸了口气——又是一场恶战。即使算上牧人的狼，蜘蛛的数量也远远超过他们。这样一来，他们就不能直接与这群蜘蛛交战了。现在，只有一个选择。

"我们该怎么办？"克拉夫特很着急。

"跑吧。""游戏骑士"说。

"我们跑不过蜘蛛，"牧人不同意，"他们的速度比我们快。也许我的狼能拖住他们，可也坚持不了多久。"

"'游戏骑士'，我们该怎么办？"克拉夫特那双蓝色的眼睛里充满了恐惧。

"游戏骑士"环视四周，到处都是平地，没有地方可以藏身。这时，他想到了前方的峡谷群系：那里满是曲折的峡谷，他们可以在"迷宫"中甩掉那群蜘蛛。

"跟我来，""游戏骑士"招呼大家，"我们可以在弯弯曲曲的小道和峡谷中甩掉他们。"

他们穿过蜿蜒的小道。由棕褐色和浅黄色黏土构成的峭壁隐约出现在他们周围，太阳落到地平线上，山顶长长的影子投射在峡谷中。

"要是天黑后还走不出去，我们会迷路的，"克拉夫特还在尽力说服"游戏骑士"，"我们要尽可能向东。"

"只要留意太阳就行。""游戏骑士"领着大家走进一条狭窄、弯曲的通道，他们紧贴着沙质墙壁。有时候，通道只有一个方块宽。

"牧人，让狼走在最后保护我们。""游戏骑士"说。

男孩点点头，吹了声口哨召唤来动物。十几只狼马上跑到他身边。

"保护后方。"牧人对体形最大的狼说。

它立即减慢了速度，让其他人走在前面。他们在颜色各异、狭窄弯曲的道路上来回打转。有时很难判断方向，但克拉夫特相信他们一直在朝着正确的方向前进。

他们向前走了一会儿，然后听到了高处有蜘蛛爬过的声音。

"大家都躲起来。""游戏骑士"低声说。

他快速在地上挖了一个两个方块深的洞，跳了进去，其他人也照着做了。狼群跟上小分队，围着牧人。它们雪白的毛色在锈色的沙子中特别显眼。

如果蜘蛛看见了狼，我们就完蛋了，"游戏骑士"想。

"牧人，让狼群散开，"他小声说，"它们太显眼了。"

牧人点了点头。他向头狼耳语了几句，让它们回到针叶林中。

"希望它们能引开一些蜘蛛。"牧人低声说。

突然，一群蜘蛛毫无征兆地出现在峡谷的边缘，他们毫不费力就爬上了陡峭的悬崖。眼看蜘蛛逼近，"游戏骑士"等人别无选择，只能进攻。"游戏骑士"很庆幸只出现了六只蜘蛛，但情况随时都可能变得更糟。他举着盾牌直接向蜘蛛冲过去，用盾牌把蜘蛛撞飞到两边，杀出一条路。随后，他转过身来，用剑朝怪物后排劈去，其余的人攻击前排，从两侧击杀蜘蛛。

一只蜘蛛向他冲过来，伸出黑爪猛击。"游戏骑士"用盾牌阻止了攻击，然后挥舞钻石剑回击，打得怪物发出红光。蜘蛛继续朝他发起猛烈的攻击，"游戏骑士"举起钻石剑，挡住了蜘蛛伸过来的一只爪子，但很快，第二只爪子从另一边绕了过来，击中了他的胸甲。幸运的是，胸甲保护了他。他转过身来，放下盾牌，拔出铁剑，跃入蜘蛛群，像锋利的陀螺一样疯狂地旋转着，砍劈周围的怪物。就在他奋力击杀蜘蛛的空当，火焰箭从空中划过，击中了他身边的怪物。这场战斗很快就结束了。

"游戏骑士"弯腰捡起盾牌。

"为什么刚才只有六只蜘蛛进攻？"牧人问。

"他们在分头寻找我们，""游戏骑士"说，"这完全在我的意料之中。"

"可这意味着还有更多的怪物在寻找我们。"克拉夫特很担心。

"是的，我们得把他们引去别的地方，""游戏骑士"说，"克拉夫特，你有烟花吗？"

"当然，"克拉夫特回答道，"我的曾叔祖父可是……"

"现在不是说这个的时候。"猎人无奈地耸耸肩。

克拉夫特停住了，显得有些尴尬，然后从工具包里拿出了红白条纹的烟花方块。

"把它挂在陷阱上，""游戏骑士"指挥说，"烟花发射后，我们就能知道有多少蜘蛛正跟着我们了，这样我们可以更加小心地防范。"

"把它设置好，我们继续前进，"挖掘工补充了一句，"太阳就要下山了。"

克拉夫特设好陷阱，就跟着挖掘工和猎人穿过弯弯曲曲的小道。几分钟后，爆发了一声巨响。原来就在他们沿着小道前行的时候，有只苦力怕在上方监视着他们。

"大家快跑！"挖掘工急忙招呼大家。

他们奔跑了一会儿，发现道路变直了，并且很快就看到了峡谷群系的尽头。在峡谷中又走了一段路，他们看到了远方此起彼伏的草绿色山丘——是草原群系。

"快点！""游戏骑士"急切地说。

突然间，空气中响起咔嗒声。一排蜘蛛出现在峡谷的尽头，挡住了他们通往草原群系的路。在黄昏微弱的光线下，蜘蛛明亮的红色眼睛看起来就像熊熊燃烧的火焰。

"我们该怎么办？"小裁缝的声音颤抖着。

虽然现在他们身后的路没有被堵住，但是"游戏骑士"非常清楚，蜘蛛发出的声音会在曲折的通道中回响，吸引从后面追来的怪物。很快，另一半蜘蛛大军也会赶过来。

"要不，我们往反方向跑？"挖掘工的声音也充满了恐惧。

"不然我们试试爬上峡谷峭壁？"克拉夫特也颤抖着说。

"游戏骑士"毫无头绪，他意识到是自己让朋友们陷入了绝境。如果他们死了，那就是他的错，就像HIM的命令方块对村庄造成的伤害一样，那也是他的责任。HIM的嘲讽让他怀疑自己到底能不能再次保护大家。蜘蛛步步紧逼，他明白现在考虑这些只会把事情弄得更糟。朋友们惊慌失措，想出的办法都不能解决问题，"游戏骑士"也很害怕，只能一动不动地站在那里。蜘蛛越爬越快、越爬越近，一波毛茸茸、黑乎乎的死亡浪潮在狭窄的峡谷中向他们袭来。

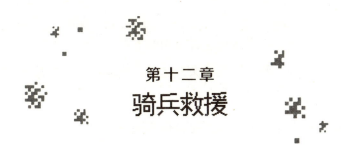

第十二章
骑兵救援

这时，从蜘蛛群后方传来一阵高亢的声音，蜘蛛们纷纷停下来转过身去。没等他们行动，雷鸣般的蹄声就像风暴一样席卷而来。马蹄声越来越大，战歌声也越来越响。随后，"游戏骑士"见到了世界上最激动人心的一幕：一队全副武装的骑兵冲向蜘蛛群，向他们奔跑过来。

"快点儿上来！"一个战士一边冲过来，一边朝他们大喊。

"游戏骑士"立刻跳到一个战士的马上，拿出了自己的两把剑。更多的骑兵冲了过来，和同伴们会合后，接着立即朝他们来时的方向猛冲回去。

蜘蛛群步步逼近，兴奋地咬着上下颚。战士们快速前进，想尽快原路返回。这次他们的战马上都坐着精英战士，他们一起刺向蜘蛛，剑剑命中，快速消灭了眼前的这些怪物。

终于，他们成功地穿过蜘蛛群，加速前进，向一片棕色的平原进发。

"我们应该回去将蜘蛛群全部消灭！"猎人骑在一匹强壮

的白马上大喊，"不能把这群怪物留下。"

"还没到时候！"与"游戏骑士"同骑一匹马的战士回应道，他是骑兵队的指挥官。

猎人抱怨道，"我们不能就这样逃跑。"

"我们没有逃跑。"指挥官说，然后转头冲猎人笑了笑。

"游戏骑士"回过头盯着刚才那条狭窄的通道。他看到剩下的蜘蛛像可怕的海浪一样涌出来。骑士们疾驰而去，来到棕色的宽广平原上，然后停了下来，转过身面对敌人。但他们没有进攻，而是待在原地等蜘蛛靠近。

"你们在干什么？"猎人一边用箭瞄准怪物一边问。

"先等等。"指挥官的声音坚定有力。

"可蜘蛛群越来越近了。"猎人着急地说。

"猎人，别紧张，""游戏骑士"说，"相信他们，他们知道自己在做什么。"

她看了"游戏骑士"一眼，然后放下弓，静静地等待。

"准备，"指挥官大喊一声，把铁剑高高举过头顶，"放箭！"他喊道。

二十个弓箭手从埋伏的洞里站起身来，朝外面的怪物快速射箭。猎人也跳下马射出附魔箭，燃烧的箭像一道道闪电"嗖嗖"地飞过去。接着，小裁缝也来到她身边，加入战斗。这时，"游戏骑士"跳下马保护这对姐妹。

蜘蛛们虽然意识到前方有陷阱，但仍然向骑兵冲去，愤怒的眼睛里闪烁着仇恨的光芒。他们试图再逼近一点，让弓箭手无法发挥优势。其中一个怪物躲过乱箭，朝两个女孩爬去。

"游戏骑士"冲上前，攻击怪物暴露在外的侧身。他跳到空中，落在怪物的背上，用两把剑给出了致命的一击，怪物一下子消失了。"游戏骑士"从怪物的背上掉落到地面，还没来得及翻身，一对蜘蛛又向他扑了过来，好在他及时拿出钻石剑挡住了攻击。

这时，骑兵指挥官突然出现在"游戏骑士"的身边，用铁剑刺向怪物。来不及道谢，"游戏骑士"站起来又投入战斗，他挥舞双剑，招招致命。在骑兵指挥官的配合下，怪物逐一被击杀，身边的骑兵队友也逐渐占了上风。

很快，弓箭手们就把怪物的生命值大大降低，接着骑兵用剑结束了怪物的生命。战斗结束后，"游戏骑士"看到有三只蜘蛛趁乱逃脱，他们一瘸一拐地爬回到了峡谷中。

"谢谢你，""游戏骑士"向那个无名的指挥官道谢，多亏了他带来的部队，要不他们都得送命，"你是怎么……"

"现在不是回答你问题的时候，天就要黑了，"指挥官说，"我们要赶快回到村庄去。"

他牵着马大声喊道："大家都回到村里去，快。"

接着，他跳上马，向"游戏骑士"伸出手。"游戏骑士"收好剑，上了马。大家穿过起伏的丘陵，向他们的村庄前进。

第十三章
陌生村庄

太阳就要落山了，"游戏骑士"终于见到了村庄。他们在一处被青草覆盖的山顶上停了一会儿，好让村里的人能清楚地看到他们。他趁机观察了这个陌生的村庄：从外表看，它和草原村庄没什么两样，木屋围绕着一口井，附近还有一个高耸入云的瞭望塔。唯一的区别就是：这个村庄从内到外都做好了防御措施。

一堵高墙围住了所有的房子，和其他村庄不同，这堵墙有四个方块厚，每二十块就有一个箭塔。长长的斜坡一直延伸到墙壁边缘，墙壁留有孔洞，可以用来排水，或直接从洞口向下方的怪物射箭。墙内的大炮与院子里的炸药炮弹相连，炸药炮弹也准备就绪。发射的时候，炸药炮弹会穿过墙上的孔直击目标，既不会让炮手受到攻击，又能精准地击中敌人。

他还注意到草地上有一条两个方块深的沟壑。他敢肯定这些是陷阱，要是怪物一个不小心掉进去，村民就能在地下隧道里攻击它们。

一个村民在瞭望塔上挥舞着一条红色的长布，这代表着他已经看见了他们，他们这才往村庄的方向走去。他们一到达坚固的城墙下，最外面的一排铁门就打开了，露出一条狭窄的通道。他们骑马走进通道。通道两边的洞里满是箭头，弓箭手盯着队伍前进。指挥官输入正确的密码后，隧道另一端的铁门也打开了，战士们一进入村庄，身后的门就立刻关上了。

"这套防御系统太厉害了。"克拉夫特对指挥官说。

"我们必须谨慎行事。"指挥官回应道。

"谢谢你及时伸出援手，"克拉夫特继续问，"你叫什么名字？"

"我是村里的屠夫，朋友都叫我布奇，"指挥官热情地回答，"欢迎来到我们的村庄。"

"游戏骑士"从布奇的马背上滑了下来。

"怎么正巧在我们需要帮助的时候出现？"挖掘工一边走近"游戏骑士"，一边问。

"我们的侦察兵看到烟花，知道那是求救信号。"布奇解释道。

"你们这儿还有侦察兵？""游戏骑士"很惊讶。

"我们到处都有侦察兵，"布奇回答，"因为我们的村庄就坐落在僵尸村、骷髅村和苦力怕的巢穴附近。其实，我们也很惊讶只有蜘蛛在攻击你们。对付他们很容易。"

"容易？有四五十只蜘蛛呢！"猎人惊叫一声。

"我们的大门前出现过数量是那十倍的怪物，"布奇说，

"四五十只蜘蛛顶多算是个小麻烦。"

小裁缝也说:"太感谢了,多亏你们在那里有侦察兵。"

布奇说:"我们时刻保持警惕,因为周围经常有怪物偷袭。"

"非常明智。"克拉夫特点点头。

布奇转过身来,低头看着克拉夫特。"我从来没见过像你这么年轻的工匠。"

"说来话长。"克拉夫特也不客气,别有深意地朝"游戏骑士"微微一笑。布奇顺着他的目光,看向"游戏骑士"。

"我当然知道你是谁。你那两把剑用得很好,跟双剑铁匠一样厉害。"

"没有谁能比得过双剑铁匠。""游戏骑士"说。

布奇赞同地点点头,说:"给我介绍一下你的同伴吧。"

这时,一群村民围了过来。

"我是'游戏骑士'。这是工匠克拉夫特、挖掘工、猎人、小裁缝和牧人。"

布奇和村民们向他们点头问好。这时,一声咆哮回荡在村庄外的草原上。"游戏骑士"看了看牧人,发现他正微笑着望向铁门。男孩举起一只手来示意他先别说话。

"是狼,数量很多。"一个声音从瞭望塔里传来。

布奇看向'游戏骑士',脸上露出困惑的表情。

"它们是我们的朋友。""游戏骑士"解释道。

"这样啊。"布奇想了想,然后看向一名守卫。

　　守卫推了推墙上的开关杆，大门开了，十几只狼飞奔进村庄，径直向牧人奔去。牧人蹲下身，把每只狼都抚摸了一遍，然后给它们喂骨头。狼吃完骨头，头顶出现了小红心。

　　看到布奇的眼神比刚才更困惑了，"游戏骑士"大声笑起来。

　　克拉夫特走上前，低声说："感谢你救了我们，但我需要和你们的工匠谈谈。我们担心你们的村庄会有危险。"

　　"看看你周围，"布奇大声说，"我真同情那些想要攻击我们的怪物。我们也是见过大场面的，不必害怕。"

　　"尽管如此，我还是要私下里和你们的工匠谈谈。"克拉夫特坚持道。

　　就在这时，圆石瞭望塔前一阵骚动。"游戏骑士"转过身来，看见一个老者穿过人群走了过来。他一头长长的白发披在肩上，黑褐色的眼睛直视着新来的客人。

　　"这位就是我们的工匠。"布奇指着老者说。

　　克拉夫特走上前，伸出一只手。老工匠看着面前的男孩，看了一眼他黑色长袍上的灰色条纹，笑了笑，也伸出一只皱巴巴的手，握住了克拉夫特的手，然后拍了拍他的背。

　　"你的村庄离这里很远吧。"年迈的工匠问。

　　"是的，"克拉夫特回答道，"我们到这儿来是要阻止HIM伤害《我的世界》里的人。"

　　"HIM，"老人用嘶哑的声音说，"他已经被消灭了。你们没感觉到《我的世界》的构造变了吗？"

"我们知道。" "游戏骑士"突然说道。

老工匠抬起头来看着这个挤过人群出现在他面前的玩家，他愣住了，因为他看到这个玩家头顶没有服务器连接线。

"难道你是？"

"没错，他是非玩家用户，"猎人走到克拉夫特的一侧说，"先不谈这个，我们来这儿有很重要的事做。"

"HIM设了陷阱，对《我的世界》里的村庄造成了很大的破坏，" "游戏骑士"解释道，"我们认为这个村庄是他的下一个目标。"

"我可以向你保证，这种情况是不可能发生的，"老人停下来咳嗽了一声，"因为HIM已经死了。"

"游戏骑士"看得出来，这个工匠年纪很大了，跟他第一次见到的克拉夫特差不多年纪。

"我们就是消灭HIM的人，" "游戏骑士"继续解释，"我们也以为成功了，以为HIM永远消失了。但他给我们留下了一个又一个陷阱和信息。我们这才意识到事情远没有想象的那么简单。"

"真抱歉，"老工匠还是不相信，"我可以向你保证，不管HIM是死是活，没有怪物能突破这些防御设施，它们坚不可摧。我们很安全。"

突然，狼群转头看向西南方。头狼咆哮着，眼睛变成了血红色，其他狼也竖起了身上的毛，一起咆哮起来。

"发生什么事了？"牧人问。

"怎么了？"布奇也不解。

瞭望塔上传来"砰砰"的声响。"游戏骑士"抬起头，看到一个哨兵正用剑敲击着盔甲，希望引起大家的注意。等大家都向他看去后，他指了指西南方。

"快到墙那边去！"布奇一边跑上楼梯一边大喊。

"游戏骑士"跟在他后面，把附魔钻石剑握在手中。他们刚到宽阔坚固的围墙顶端，就看到一个人骑着马飞奔向村庄。骑手身后不远处似乎跟着一个方形的阴影。黄昏时分，昏暗的光线让人们很难看清到底发生了什么事。但有一件事却很明确：阴影离那个战士越来越近了。

那个人回头看了看那片阴影，脚用力一蹬，马儿飞快地跑向村庄，但阴影始终跟着他，而且越来越近。即便"游戏骑士"和朋友们离得很远，也都产生了一种毛骨悚然的感觉。这个人不可能逃脱了。

果然，不一会儿阴影追上了他，随后他们就一起消失了。

"到底发生了什么事？"布奇大喊，"他被传送走了吗？那个阴影是什么？"

"游戏骑士"沉重地叹了口气，他知道那是什么。"那不是阴影，是HIM制造的黑洞，这些黑洞可以把人吸到基岩。现在他把黑洞瞄准了这个村庄。"

"我们该怎么办？"布奇很害怕，他第一次感到了恐惧。

"游戏骑士"转身看着他，只说了一个字："跑！"

第十四章
黑洞

"大家快跑！"布奇从楼梯上一跃而下。

村民们也都朝地面的方向逃去。"游戏骑士"紧紧跟在一群战士后面。他收起剑，掏出铁锹挖地。这时，左边的一堵墙下突然出现了黑洞，整块圆石坍塌了，墙顶上的一队战士掉进了深渊，他们发出的叫喊声回荡在空气里。

"游戏骑士"想过去帮助他们，但他知道那些消失在黑洞里的人已经彻底离开了这个世界。他必须尽快找到标志牌，毁坏红石电路，让隐藏的命令方块无法起作用，只有这样才能避免更多人死亡。

"大家都去寻找标志牌！""游戏骑士"大喊，"一定在某个地方。它下面有……"

突然，他旁边的地面也消失了。沙地被吞噬后，他感到有一阵微风吹过，紧接着从黑洞里传来一阵热浪。"游戏骑士"望着洞口，洞里深不见底。一股岩浆从墙壁的缝隙中渗出，沿着旁边的开口慢慢流了出来，岩浆的热度让他有一种站在火炉旁边的错觉。

周围响起村民悲痛的哭声，他们的家人和朋友都被可怕的黑洞吞噬了生命，可他们连哀悼的时间都没有；相反，他们现在要逃命，要离开村庄。

我们得赶快找到那个标志牌，否则这个村庄要被摧毁了，"游戏骑士"想。

"'游戏骑士'！"一个声音从他身后传来。他转过身来，发现牧人站在他身后。"我们必须离开这个村庄！"

瘦高的男孩拉着"游戏骑士"往前飞快地跑着。他们绕开村庄里的黑洞向铁门奔去。就在"游戏骑士"和牧人快要逃出村庄的时候，他们脚下的地面已经开始塌陷了，他们只能往旁边一跳。一行人穿过敞开的铁门，来到村庄外面的草地上。许多人站在那里哭泣，眼睁睁地看着自己的村庄一点点被吞噬。

"大家别挤在一起！""游戏骑士"大喊，"要是再出现一个大洞，你们所有人都会没命的。大家分开！我们还要去找标志牌！要是你们不想村庄被完全摧毁，就都分头去找！"

他的话提醒了村民们。大家分散开来去寻找标志牌。可草原太大了，标志牌可能在任何地方。

"'游戏骑士'！"牧人大喊。

"游戏骑士"没有听到喊声，他正在黑暗中认真地寻找那块高于地面的木牌。

"'游戏骑士'！"牧人再次喊道。

"怎么了？"他这才听到。

"我可以派狼出去找标志牌。"男孩提议道。

"那就去吧！"

牧人跪在头狼旁边，用平静的声音跟它说话。头狼立即行动起来，它先向其他狼下达了一系列命令，然后飞奔而去。

"游戏骑士"沉不住气了，他来回踱着步，在等待着某个信号。他向天空瞥了一眼，方形的太阳已经完全沉到地平线之下了，星星在夜空中铺洒开来，月亮升起来了，在草原上洒下一片银色，给他们带来了一丝光亮。

村民们还在四处奔跑，寻找标志牌，但大家心中都忐忑不安，不敢走太远——现在是晚上，而且他们都在外面，很可能遇到怪物。

突然，一声嚎叫响彻夜空。"游戏骑士"没有一丝犹豫，立刻朝那个方向冲去。他奔跑的时候，看到不少城墙已经消失了。他看到狼群聚集在一个木制标志牌的周围，它们的眼睛在黑暗中闪烁着红色的光芒。

牧人率先走过去，小心地穿过狼群，为"游戏骑士"清理出一块地方。"游戏骑士"用铁锹挖掉标志牌周围的泥土，寻找那个洞穴。很快，他就从泥土里挖出了被红石火把和红石电路映照得透亮的控制器，它隐隐发出红色的光。

"我找到了！"他跳到洞里，尖叫起来。

他用力挥舞铁锹，砍向红石电路，切断了命令方块的电源。

　　这时，一阵脚步声传了过来，狼群再次嚎叫起来。"游戏骑士"拿出钻石剑，从洞中爬了出来，转身面对来人。

　　"把你的剑收起来，是我们！"猎人大喊。

　　"你找到了命令方块！"克拉夫特跑到朋友身边。

　　"没错，我把它关掉了。""游戏骑士"转过身来看着自己的朋友。

　　草原的上空回荡着村民悲痛的哭声。他们大声喊出亲人的名字，悼念那些再也见不到的朋友和邻居。"游戏骑士"看着这个破碎的村庄，试图抑制住悲伤的泪水，但他还是能感觉到自己的眼睛湿润了。

　　"村庄还安全吗？"老工匠被两个村民搀扶着，一边走一边问。

　　"已经安全了，""游戏骑士"回答，"可你们为什么还要回去？那儿已经被毁得差不多了。"

　　"毕竟那是我们的家，"老工匠说，"我们必须回到那里重建家园，纪念我们失去的亲人和朋友。"

　　老工匠把满是皱纹的手举到空中，张开手指。村民们也和他一样伸出手，向死者致敬。"游戏骑士"也把自己的手举向空中，愤怒的泪水顺着他的脸颊滚落下来。

　　HIM怎么能做出如此邪恶的事？如果我能早点摧毁他，这些村民就不会失去生命了。

　　"牌子上写着什么？"克拉夫特问。

"游戏骑士"走上前，读出牌子上的话："'又一个村庄因为"游戏骑士"消失了，以后还会有更多。'署名HIM。"

他用铁锹把标志牌砸得粉碎。

"这是HIM干的？"老工匠问。

"游戏骑士"点点头。

"这怎么可能呢？那个怪物已经死了。"布奇说。

"游戏骑士"没有回答。他内心充满了罪恶感，心里也疑云重重。

克拉夫特回答："有两种可能性，要么HIM还活着，要么是有人在为他做这些事。"

"游戏骑士"想起爸爸砸碎电脑时的场景，但因为某些原因，他的记忆不如原来清晰了，就像被人改变了一样。是不是HIM还活着呢？在记忆慢慢消失的时候，他突然有了这么一个想法。他不敢相信，这个可怕的病毒居然能逃走。

"游戏骑士"转过头，盯着那个千疮百孔的村庄，内心燃起熊熊怒火。

"我们必须在下一个村庄被摧毁前及时赶到那里。""游戏骑士"怒吼道。这种感觉就像一场大火还没来得及扑灭，另一场又爆发了。到底什么时候才是尽头？他心想。他们必须做些什么，不能被HIM牵着鼻子走。

"离这儿最近的村庄怎么走？"小裁缝问。

"附近有三个村庄，距离都差不多。"老工匠用沙哑的声音说。

"我们去哪一个？"小裁缝转身问"游戏骑士"。

"游戏骑士"看了一眼小裁缝，然后低头看向地面。他担心做出错误的决定，让更多人受到伤害。

"东北方向有吗？"克拉夫特问。

老工匠点了点头，灰白的头发随风飘动。

"我们就继续朝东北方走吧。"克拉夫特转身面对布奇说，"安排骑手到其他村庄预警。如果有危险发生，就去寻找标志牌，把它挖开找到红石电路，然后切断。"

布奇向骑手们下达了指令，几分钟后，他们骑上马，朝不同的方向飞驰而去，一队向东，另一队则向南去了。

"我们必须行动起来，"挖掘工说，他低沉洪亮的声音吓到了一些村民，"这些命令方块被激活的频率加快了。我们的时间不多了。"

"没错，"猎人也是这么想的，她转向布奇，"能给我们几匹马吗？"

布奇点点头，然后示意一个村民。村民带着几个人跑回村庄，很快他们就回来了，后面跟着七匹战马和一匹驮马。

"太感谢了，但我们只需要六匹马。"克拉夫特说。

"我也和你们一起去，"布奇说，"你们的任务是找到这些可怕的命令方块，并关掉它们；而我想找到主谋，警告他别打我们村庄的主意。不管你同不同意，我都要去。"

　　"游戏骑士"朝布奇点了点头表示同意，但布奇的眼神让他有些慌张。这个村民强烈的复仇欲望让他害怕。

　　如果布奇知道这一切都是我的过错，"游戏骑士"想，他会把怒火转向我吗？随即，愤怒的布奇攻击他的画面出现在他的脑海中，他仿佛一下子坠入了冰窟。

第十五章
沙瓦拉克

"索林，你说他们逃走了是什么意思？"沙瓦拉克用嘶哑的声音问道。

"他们得到了村民的帮助。"索林小声说。

沙瓦拉克俯视着自己的手下，明亮的紫色眼睛映着附近红石火把的红光。索林虚弱地躺在地上，他就是在峡谷群系战役中幸存下来的蜘蛛之一。这几只蜘蛛几乎耗尽了生命值，拼尽全力才回到藏身的洞穴，把坏消息告诉他们的女王。

"'游戏骑士'和他的朋友阻止不了创造者的计划。"蜘蛛女王说，明亮的紫色眼睛里充满了怒火。

"我明白。"索林应道，把身子俯得更低了。

沙瓦拉克伸出黑色的爪子，放到索林头上。小蜘蛛吓得瑟瑟发抖，但蜘蛛女王只是抚摸着他的头以示安慰。

"快把苔藓拿来。"蜘蛛女王命令道。

两只蜘蛛兄弟匆匆爬来，带着一丛苔藓。这些个头不大的蓝蜘蛛负责收集隐藏在地底圆石中的苔藓，给刚出生的小蜘蛛食用。但今天，索林需要吃点苔藓来恢复体力。

他马上抓起地上的苔藓狼吞虎咽地吃起来，吃完最后一口，索林终于挺着八条腿摇摇晃晃地站起来，然后毕恭毕敬地面对着沙瓦拉克。

"去外面……到一棵高大的树顶上晒晒太阳吧……"蜘蛛女王说，"痊愈后……再回来。"

"遵命，我的女王。"索林说，庆幸自己没有把小命丢了。

索林匆匆离去之后，骷髅之王从阴影中走了出来。

"如果我的骷髅和他一样办事不力，我会杀了他们。"

"所以……他们是因为害怕你……才听从你的命令，"沙瓦拉克发出咝咝声，幽幽地说，"我的随从……则是出于忠诚……所以战斗的时候……比你的那些骷髅更拼命。"

她转过身看着远处的洞窟。一小股岩浆从墙上的一个洞中流出来，在洞口处投射出温暖的光，许多骷髅弓箭手站在洞口附近，光亮把他们白色的骨头映照成了柔和的橙色。她知道，那里的阴影中还隐藏着更多苍白的怪物，不过骷髅士兵的数量是否足够还是个问题。

"我知道你在看创造者洞穴的入口，蜘蛛女王，但你不必担心。我的骷髅士兵会保卫这个洞穴以及通往洞穴的隧道。"骷髅之王说，"'游戏骑士'和他的部队不可能突破我的防线。我有数以百计的士兵散布在上面的隧道里。哪怕要抵抗比我们士兵数量多一倍的入侵者，也易如反掌。"

"听起来你很有信心嘛。"沙瓦拉克说。

骷髅之王发出"咔嚓咔嚓"的声音，自信地挺起胸膛。

"创造者无数次低估了那个非玩家用户，其他怪物首领也是这样。每一次，'游戏骑士'都会以弱胜强。过度自信……就是你的弱点。"沙瓦拉克继续说。

"等着瞧吧，"骷髅之王发出"咔咔"的声音，"如果我的骷髅士兵遇到了麻烦，你可以直接用你旁边那个命令方块刷新出无数只蜘蛛。"

沙瓦拉克看着自己身旁的橙色方块，方块旁边有一根操作杆。只用一个命令方块就能在这个洞穴里刷新出上百只蜘蛛。但这只是一个备用计划，以防骷髅士兵无法把非玩家用户和他的朋友们从洞穴中赶出去。

"希望我们不会用到这个东西，"沙瓦拉克说，"不过我们必须做好两手准备。"

骷髅之王哼了一声，说："他会跪在我的骷髅士兵前求饶的。但即便这样也没用。他击败了HIM，现在我们也将打败他。等这些命令方块都准备好了，定时器上的数字跳到0，HIM的复仇计划就完成了，他的命令方块将摧毁这个服务器上的所有村庄。"

骷髅之王抬头望着建在洞窟墙上、由红石供电的定时器。数字从100开始递减，目前上面显示的数字是48。

骷髅之王说："一旦倒计时结束，数字变成0，'游戏骑士'就无力回天了。"

他发出一阵虚伪、尖锐的笑声，头向后仰着，看向天花板，然后又把目光移回到蜘蛛女王附近的命令方块上。

"我们等着瞧吧。"骷髅之王又笑了起来，刺耳的笑声回荡在整个洞穴里。

第十六章
岩浆

"游戏骑士"一行拼命催促马儿，连夜赶路。午夜时分，他们从草原群系进入了沙漠地带。

"'游戏骑士'，我们得休息一下。"猎人说。

"不，没时间了。"他回答道。

我可以感觉到，HIM的下一个命令方块就要启动了，"游戏骑士"在心里想。"我们必须马不停蹄，才能及时到达下一个村庄。"他说。

"'游戏骑士'，再这样走下去的话马会累死的，"克拉夫特反对道，"要是那样的话，我们赶路的时间会更长。"

他叹了口气，知道朋友是对的。他拽住缰绳，放慢了马儿的步伐，身后的人也都照做了。他紧张地看了一眼四周，观察沙漠中有没有潜在的威胁。

"你得冷静下来，"克拉夫特说着，来到了他身边，"你的神经绷得太紧，整个人快要崩溃了。"

"HIM的命令方块造成的危险越来越致命。""游戏骑士"低声说，"下一个村庄会发生什么？可能会发生比整个村庄都被深渊吞噬更糟糕的事。"

"也许吧！"克拉夫特心里也没谱。

"不能再让这种事发生了，""游戏骑士"喃喃道，"我不能让更多的村庄因为我被摧毁，而阻止危险发生的唯一方法就是赶在命令方块被激活之前找到它。我有责任去解决这个问题。"然后他把声音压低，"因为这都是我的错。"

这时，一声嚎叫响彻寂静的夜空。"游戏骑士"望向发出声音的方向，又转过身来看着牧人，男孩脸上挂着灿烂的笑容。

牧人说："我把狼派去寻找村庄了。"

"游戏骑士"点头表示赞同，策马飞奔起来。

"大家快点！"爬上一个沙丘时他大声喊道。

登上沙丘后，"游戏骑士"看到沙漠在他面前延伸开来。附近有一片花丛将沙漠隔开，过了花丛是一个一眼望不到头的山地群系。他看到远处有一座巨大的山，比他以往看到的还要大，在黑暗中几乎看不见尽头。

在沙丘脚下，"游戏骑士"看到了一个沙漠村庄。淡黄色的房屋被巨大的沙石和圆石筑成的围墙包围着。墙壁和栅栏柱上的火把照亮了这些沙质建筑，"游戏骑士"认出了村庄里的每个建筑：铁匠铺、家禽栏、村庄的井，当然还有屹立在村庄中央的沙石瞭望塔。

"游戏骑士"冲下沙丘，骑着马跑到村庄大门那里。

"把门打开！""游戏骑士"大喊。

他看到瞭望塔顶上的哨兵拿出一块盔甲，用铁剑猛击。村民们被惊醒了，更多火把亮了起来。但当他走近城墙的时候，村庄大门上方出现了一道奇怪的闪光，随后地上突然出现一股岩浆。岩浆慢慢流向大门，最后阻塞了村庄的入口。

越来越多的岩浆流出来了，"游戏骑士"急忙停了下来，惊恐地瞪大了双眼。沸腾的岩浆将夜色染上了一层耀眼的橙色。岩浆流过房屋和其他建筑，在村庄里形成了一个致命的大岩浆池。村民们惊恐地叫着，声音划破了夜晚的寂静，每一声都像一把尖利的匕首，刺向"游戏骑士"的灵魂。

大门被封锁了，他们被困在村庄里……我该怎么办？"游戏骑士"急坏了。

一支火焰箭从他身边飞过。顺着火焰箭飞过的路径，他看到防护墙边放了一个炸药方块，被箭射中后，闪亮的立方体爆炸了，在墙上撕出一道巨大的裂口。

"门是这样开的。"猎人冲过去的时候说道。

"游戏骑士"跳下马，在沙漠中寻找克拉夫特。

"克拉夫特，给牧人一些烟花！"他对朋友大喊。

克拉夫特看着"游戏骑士"，困惑不已。

"牧人！""游戏骑士"又对着另一个方向大喊，"你留在这里，每隔一分钟发射一束烟花，给村民指路。"

男孩点点头，长长的黑发散落在脸上。

克拉夫特递给牧人一把带条纹的烟花火箭，随后跟着"游戏骑士"通过墙上的裂口进入村庄。这时，猎人和小裁缝已经把村民引导到了裂口那儿。

"大家到这边来！""游戏骑士"喊着，在头顶挥舞着附魔剑。

一部分村民向他跑去，但更多的人依旧站在原地，恐惧让他们无法动弹。"游戏骑士"抬头看了眼天空，看到越来越多发光的岩浆方块出现了，它们盘旋在村庄上空，滴落的岩浆足以摧毁在下方的任何人和物品。一股岩浆缓缓地流过建筑物，一个木屋燃烧起来。"游戏骑士"跑过去，打开门，看到里面躲着一个小男孩和一个小女孩。他们害怕极了，不敢出来。

"别怕，跟我来。""游戏骑士"温柔地说，他把剑收起来，"你们的父母在外面。我带你们去和他们会合。"

孩子们相互对视了一眼，神色紧张。"游戏骑士"抬头望去，看到屋顶上的火焰已经蔓延开来了，岩浆的橙色光芒变得更加明亮。

突然，小裁缝出现在他身边，向孩子们走过去。她没有说话，只是抓住他们的手，冷静地把他们带出了房子。等"游戏骑士"回过头再去看那个木屋，它已经完全被火焰吞噬了。

他拦住了一个村民，把小男孩交给他，随后转头跑向村庄的另一边。那边被岩浆和火焰封住了，但是他仍然能听到墙那头有声音。"游戏骑士"跑到村庄的井边装了一桶水，朝火势最猛的地方倒水。滚烫的岩浆遇到水立即变成了圆石和黑曜石。他用土块把水源堵住，水很快就消失了。就这样"游戏骑士"成功地建造了一座小桥，他穿越熊熊燃烧的火焰，向前冲去。

"游戏骑士"大喊："跟着我的声音到这边来！"

尽管烟雾中什么都看不见，但他听见了跑步声。烟雾中突然出现了一批村民，一些人的外衣都被烧焦了。

"来，往这边走。""游戏骑士"一边跑，一边引导村民。

许多村民从浓烟中冲了出来，他们跳过滚烫的圆石，往安全区跑去。可仍然有村民没能逃出来，"游戏骑士"听到了他们的呼喊声。越来越多的岩浆溅落在他面前，形成了一条至少有十二个方块宽的岩浆河。可他只剩下一桶水了，水在《我的世界》中只能蔓延六个方块远的距离。熊熊的火焰堵住了村民们的出路，他们难逃一死。

"游戏骑士"感到一滴泪珠从他脸上淌下来，罪恶感充斥着他的脑海，他感到非常愧疚。

"'游戏骑士'，快离开那儿！"小裁缝站在墙上的裂口中大喊。

他顺着声音转过身，领着前面的村民朝出口处跑去。致命的岩浆在村庄的地面上蔓延，他们更难到达出口了。正要穿过城墙的时候，一个岩浆方块出现在出口处，他们逃离村庄的唯一出路都被堵死了。

"游戏骑士"慌了，心想，我们要往哪儿走？

还好朋友们已经成功炸出了另一个出口。

"到这边来！" "游戏骑士"大声喊道。

他向新的出口跑去，村民们紧随其后，躲避不断扩大的致命岩浆池。刚到出口，"游戏骑士"就掏出镐砸碎了围栏。村民们立即穿过出口，猪、鸡、牛和马也跟在他们后面，天空中滴落的岩浆越来越多，不过好在他们终于逃离了这个眼看就要被毁灭的村庄。

"游戏骑士"仍然能听到村庄里有尖叫声，但村庄已经完全被岩浆吞没了，困在里面的人已经无处可逃了。

"大家远离那堵墙！"挖掘工大吼一声。

有人抓住"游戏骑士"的胳膊，把他从村庄里拉了出来，带到一个沙丘上，所有人都聚集在那里。眼前的村庄已经完全被火焰和岩浆吞噬了。"游戏骑士"双手抱头，脑子里全是被困的村民，他没有办法帮助他们。

"看！"一个村民喊道，"游戏骑士"抬起头来。

大家都抬起头，发现又有闪闪发光的方块出现在村庄上空，位置比空中倾泻下来的岩浆还要高。不过，那些东西并不是岩浆，而是从高处落下的水。很快，岩浆变成了石块，覆盖了村庄的表面。

想到没完没了的灾难，"游戏骑士"哭了，此时他仍然能听到那些被困在村庄里的人撕心裂肺的哭喊声。这时，有人在他旁边坐下，搂着他的肩膀。"游戏骑士"抬起头，是猎人，她的眼睛也湿润了。

"这不是你的错。"她说。

"如果我能早点到这里，我们可以……"

"这也不是你的错。"她还在安慰他。

"可是村民被困在里面时，我动作不够快，没有全部救下他们。""游戏骑士"用脏兮兮的袖子擦了擦眼睛，"什么人会这么丧尽天良？"

"我也不知道。"猎人的声音颤抖着。

这时，太阳从东方的地平线上升起来，第一缕阳光投射在了灾难现场。"游戏骑士"站了起头，低垂着头。他正要说什么，忽然晨雾中响起一个声音。

"标志牌在这里！"挖掘工喊道。

猎人一把抓住"游戏骑士"的胳膊，把他拉到挖掘工身边。他一抬头就看到了许多叠成一排的标志牌。

"'游戏骑士'，来看看这些，"挖掘工说，"我肯定都是针对你的。"

他走到第一个标志牌前，忍住眼泪读了出来。

"'我已经筹备了很久。'"他拿出钻石镐，砸碎了牌子，"下一个说，'因为"游戏骑士"，谁都不能活下来。'"他似乎能听见HIM嘲弄的声音。他把牌子砸碎，走到下一个标志牌前，"'他们的死都是你造成的！'"

"游戏骑士"叹了口气，猎人和小裁缝紧挨着他。

我真应该就此消失，都是我的错。"游戏骑士"想。

"下一个呢？"克拉夫特问。

"游戏骑士"止住眼泪，清了清嗓子读道："'接下来，所有的村庄会同时遭殃。'""游戏骑士"打碎标志牌，最后一个牌子出现了，"'放心吧，岩浆会等着你们的！'"

最后两句话让"游戏骑士"沮丧极了。他坐在地上，内心充满挫败感。

"他要把所有村庄都浇满岩浆吗？"他很不安，"怎么才能阻止他？"

"游戏骑士"低头看着岩浆遇水后形成的圆石和黑曜石。水仍在喷涌，沿着废墟的侧面流淌，一直蔓延到了沙漠。身后，"游戏骑士"听到有人在用铁锹向地下挖掘。随后，他们大声叫喊着发现了红石电路，在摧毁连接命令方块的红石电路后，他们欢呼起来。

可"游戏骑士"仍沉浸在沮丧中。时间一到，所有村庄都会像刚刚那个被摧毁的村庄一样，烧得什么都不剩。而他，只能在一旁看着，什么也做不了。

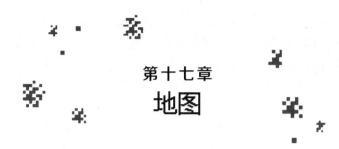

第十七章
地图

我让大家失望了，"游戏骑士"自责地想，所有被困在村庄里的村民都消失了。

他脸上淌满了泪水。

"这都是我的错。"他喃喃自语，沮丧地低头盯着地面。

感觉到有人在轻抚他的头，"游戏骑士"抬起头，看到克拉夫特正低头看着自己。

"'游戏骑士'，在生活中我们都会面临很多选择，"克拉夫特安慰道，明亮的蓝眼睛盯着"游戏骑士"，仿佛能看到他的灵魂深处，"这些选择决定了我们是什么样的人，以及我们想成为什么样的人。有些人总是轻而易举地做出决定，投机取巧；而另一些人做出的选择意味着承担责任、帮助别人，这往往是条更艰难的道路。你总是选择后者，可你要明白，你的能力是有限的，你不可能帮到每一个人。"

"但是如果我能早点阻止HIM，那么……"

"如果……"克拉夫特打断道，"如果你做了不同的选择，你也不知道接下来会发生什么。你不能让时光倒流，改变过去。你能做的就是接受自己的选择，然后从中吸取教训。"

"我知道，但是……" "游戏骑士"没说完，就被克拉夫特打断了。

"没有但是，只有现在，"克拉夫特仿佛在陈述某个真理，"你做出了选择，HIM也做出了决定。你们都要对自己的行为负责，就像我对自己的选择负责一样。HIM选择做邪恶的事，这是他的决定，谁都不必为此负责。你选择阻止他、打败他，这是我们为之自豪的事情。但如果你没能及时阻止他，也不必为此自责，因为你已经尽力了。"

克拉夫特低着头看着"游戏骑士"，蓝眼睛里充满了理解。

他俯身单腿跪在朋友面前说："我们的选择决定了我们是谁。不要让HIM改变你。"

"说的没错，但我们也不能什么都不做。"猎人说。

"你有什么建议吗？"挖掘工问道。

"嘀嗒声表明某个地方安装了定时器。"克拉夫特打断说。

"游戏骑士"站起来，思考克拉夫特说的话，但他始终无法理清脑海中的线索。

"如果能关掉所有的定时器，我们就能拯救村庄。"挖掘工说。

猎人反驳道："但是我们不可能知道每个命令方块埋藏的地点，也不可能到各个村庄里等着标志牌出现。"

"确实是这样，"克拉夫特赞同道，"但HIM应该有一个中央定时器。牌子上写了他要同时对所有村庄下手。那个中央定时器，可以启动所有的命令方块。"

"可我们手上也没有标明中央定时器位置的地图。"牧人说。

虽然低落的情绪让"游戏骑士"越陷越深，但牧人说的话就像远处的灯塔一样在迷雾中指引了方向。"游戏骑士"想到了地图。朋友们还在那儿争论下一步该做什么，他一句也没有听进去。但那个词一直在他的脑海里回荡——地图。

"游戏骑士"想起爸爸曾经对自己说："你不能总想着害怕，恐惧会消耗你战斗的勇气和力量。当你毫不畏惧地专注于自己能做的事情时，恐惧就会消失，你才会恢复理智。"

他脑海中的愤怒和悲伤的情绪暂时缓解，这给了他片刻思考的时间。他告诉自己：专注于我能做的。在那一刻，"游戏骑士"明白自己能做什么了。

要是他把发生的一切都画出来，也许就能看到答案。"游戏骑士"站了起来，从工具包中拿出一个工作台，又找到了一个指南针和一叠纸。他不知道是谁给了他这些东西，不过现在这并不重要——他要专注于眼前的事。

他把指南针放在工作台中央，迅速在四周放了几张纸。不一会儿，这些物品就合成了一张地图，地图的边缘有点破烂，看上去很古老。

"你在干什么？"克拉夫特不解地问。

"游戏骑士"没有回答。他拿着地图，看到中心那个被石头覆盖的村庄，四周都是沙漠。

"太小了。""游戏骑士"喃喃自语。

"你说什么？"挖掘工问。

"游戏骑士"专心工作，没有理会他们。他把地图放回到工作台上，将纸放在地图四周。地图突然变大了，画面也被放大了。他看了看地图，发现地图上的区域大了许多，可还是不够。他又重复了两次刚才的步骤，终于造出了一张全尺寸的地图。

"你在做什么？"猎人忍不住问道。

"游戏骑士"突然抬起头来，发现每个人都在盯着自己看，方形的脸上满是疑惑。

"我只是在想牧人说的关于地图的事情。""游戏骑士"解释道，用袖子擦干了脸上的泪水。

他拿出一个相框，放在附近的一块砂岩上，然后把地图放在相框里。他退后一步，盯着地图看了一分钟，时间嘀嗒嘀嗒地过去了，他像一尊雕像一样站在那里盯着地图，仔细观察每一个方位……忽然，一个想法在他脑海里浮现。

"他是沿直线攻击我们的。""游戏骑士"低声说。

村民们早就不在"游戏骑士"身边了，他们认为自己有更重要的事情去做。朋友们又在争论下一步该做什么，还有许多人还在为那些在岩浆中死去的人哭泣。只有克拉夫特还站在他旁边，仔细听着。

"告诉我们，你发现了什么。"克拉夫特问。

"你看，""游戏骑士"解释道，"HIM第一次启动命令方块是在你的村庄，就在地图左下角。"他用粗短的手指点了一下那个位置，"然后是骨头和雪球……往上一点，在右边，羊掉下来的位置也在右上方。紧接着这里遭到狼的进攻。""游戏骑士"抬头看了看牧人。他看到牧人和他一样，眼睛里也燃烧着怒火，他们又回忆了一遍HIM造成的伤害。

"游戏骑士"回头看了看地图，"看来HIM的攻击都是沿着直线进行的，先是这个村庄，再是……"

因为愤怒他的声音越来越大，这让周围的人都安静下来。

"我知道怎么找到HIM的中央定时器了，"他说，"HIM的所有袭击都是沿着一条线，从克拉夫特的村庄一直延伸到这个村庄。他这样做是为了把我们引到这里，那个卑鄙的家伙想让我们眼睁睁看着村民被袭击，却毫无还手之力！""游戏骑士"吼出这番话。

"听起来像是HIM会做出来的事。"克拉夫特表示赞同。

"游戏骑士"深吸了一口气，平复了一下情绪。

"他的自大暴露了中央定时器藏匿的地点。""游戏骑士"的手指沿着地图移动，从克拉夫特的村庄开始，沿着他们走过的线路，落在了现在的村庄上。然后，他沿着那条线路继续移动手指，最后落在了一座巨大的山上，那座大山几乎占满了地图上方的一角。"那是什么山？""游戏骑士"指着地图问。

克拉夫特看了看地图，转身指向地平线上的那座大山。

"你说的是那个？"克拉夫特问。

"游戏骑士"点了点头。

"那是奥林匹斯山，是《我的世界》里最大的山。"克拉夫特说。

"游戏骑士"盯着远方。他知道那是悬崖群系的一部分，那座雄伟的山峰下有无数个隧道和洞穴。在那儿，他们可以找到HIM的中央定时器。

"HIM的所有攻击都指向那座大山，""游戏骑士"向大家解释，"就是因为他把邪恶的命令方块藏在那儿，他才敢如此自负，明目张胆地向我们宣战。"

他转过身来，看着幸存的村民，又看了一眼他们身后被摧毁的村庄。

"对不起，我没能拯救你们的村庄，"他情绪激动，"我来晚了一步，才让HIM有机可乘，设置这些可怕的命令方块进行攻击。都是因为我才造成这样严重的后果，要是你们恨我，我也不会责怪你们。"

"游戏骑士"等待大家的回复，可回应他的只有沉默。他叹了口气，说："要是我现在待在这儿自怨自艾，那后果不堪设想。要是我逃避、躲起来，所有村庄的命运都会和这个村庄一样。"

他感觉有人走了过来，他回过头，看见猎人站在身边，手里拿着附魔弓。

"HIM带我们来到这个村庄,让我们亲眼看见发生的一切,想让我们退缩。可我们不会那么做。""游戏骑士"提高了嗓门,"那座山下面的隧道里可能有数百个怪物,但我不在乎。他的定时器就在那里,我要去摧毁它。我可不想等事情发生后再进行补救,我厌倦了被HIM牵着鼻子走。我发誓,我不会再让任何村庄受到这样的伤害。"

小裁缝和牧人走到他另一边,狼群也簇拥着他。

"可我没法一个人完成这样艰巨的任务,""游戏骑士"说,"光有我们这几个人也不够。"他顿了顿,看着村民们,盯着他们的眼睛,"你们已经失去了很多,我还要求你们帮我,这确实很不公平。但现在所有的村庄都很危险。你们中有谁愿意帮助我阻止这场发生在《我的世界》里的灾难?"

"游戏骑士"看到村民们停止了哭泣。一双双哭得通红的眼睛里充满了愤怒。一只狼盯着奥林匹斯山,轻轻咆哮了一声。沙漠变得出奇地安静,从东往西吹的微风让附近几株干枯的灌木摇了几下,发出轻柔的沙沙声。

随即,沙漠里传来了一个铿锵有力的声音。

"我会陪你去的。"布奇走上前说。这个高大的非玩家角色将目光投向幸存的村民,然后转向"游戏骑士"。

其他村民都上前一步,聚集在"游戏骑士"周围。

"我们都会跟着你,"布奇继续说,他的声音回荡在空旷的沙漠中，"我们一定能阻止HIM。"

村民们高呼起来，纷纷拍了拍"游戏骑士"的后背。布奇立刻派他们去召集那些在废墟附近游荡的马和家禽。他把他们分成小队，一队是骑兵队伍，一队是弓箭手队伍。几分钟后，原本悲伤的村民就变成了一支整装待发的军队。

"说得不错，"克拉夫特边说边走到"游戏骑士"身后，"但你非要把责任揽在自己身上，这点我不认同。"

"游戏骑士"转头看向那座大山，他能感觉到HIM在那座山下的邪恶气息，他知道，过不了多久，《我的世界》里又一场战争将在那些黑暗的隧道和洞穴中打响。他知道所有村民的性命都系在他身上，这种感觉如同千斤重担一样压着他。

但他拒绝屈服，他拒绝按照HIM的规则玩这个致命的游戏。那个可怕的病毒在《我的世界》里留下了印记，现在，是时候让非玩家用户来彻底删除这些印记了。

第十八章
奥林匹斯山

"游戏骑士"的队伍开始穿过这片土地，向那座大山进发。他们白天赶路，晚上就隐蔽起来。虽然可以两人共乘一匹马，不过仍然有人需要走路前进。"游戏骑士"停住自己的马，然后跳了下来，把缰绳交给已经步行了好一会儿的克拉夫特，想让他休息一会儿。骑着马的战士也和步行的人轮换着休息。大家都知道，战斗前要保持充沛的体力。

"我想知道这座山的名字是怎么来的。"克拉夫特问，眼前的山已经隐约可见了。

"游戏骑士"向右看去，发现这位年轻的好友就走在自己旁边。克拉夫特又将马换给了一个鞋匠和一个面包师骑乘。

"我不知道，""游戏骑士"回答，"但我知道'奥林匹斯山'这个名字。奥林匹斯山是火星上的一座山，大约有二十二千米高，比地球上最高的山还要高三到四倍。"

"火星？千米？地球？"

"这些等以后有时间再跟你解释吧，""游戏骑士"回答道，"总而言之，奥林匹斯山是现实世界中人们所知道的最高的山。"

克拉夫特说："所以这个名字起得很合适。"

"没错，但《我的世界》里的事物怎么会以现实世界中事物的名字命名呢？""游戏骑士"很疑惑。

克拉夫特耸耸肩。他们默默地往前走着，走到当前这个生物群系的尽头后，他们看见一片鲜花盛开的森林。离开炎热的沙漠，进入凉爽的森林后，大家都松了一口气。一阵凉风从东边吹来，带着芬芳的花香。他们穿过了黄色的蒲公英丛、深红色的罂粟花丛、天蓝色的兰花丛和淡紫色的紫丁香花丛，甜美的花香环绕着整个队伍。众人爬上一座小山，俯视森林的时候，缤纷的色彩让"游戏骑士"想到了万道彩虹落在鲜绿色冰激凌上的画面，太神奇了！

可没过多久，事情就变得有些不对劲了。

"游戏骑士"拔出钻石剑，环顾四周，仔细打量着周围的环境。他看到的只有花朵、青草和树木，当然还有耸立在眼前的奥林匹斯山，越是靠近，这座山便越显得高大。

"'游戏骑士'，怎么了？"克拉夫特问。

"游戏骑士"把头从左边转到右边，然后转身往回走，检查落在后面的队伍。

"我不知道，""游戏骑士"回答，"就是感觉有些不对劲。"

"是不是因为这些花？"小裁缝笑着说，"它们看起来确实很可怕。"

"不是因为这个。""游戏骑士"心不在焉地回答，"牧人在哪儿？"

"在这儿！"右边传来一个响亮的声音。

"牧人，把你的狼放出去，""游戏骑士"一边靠近牧人一边说，"让它们去周围巡逻。"

"可附近什么都没有呀。"男孩抱怨道。

"正是因为如此。你看这儿只有我们，竟然连只动物都没有。""游戏骑士"回答。

牧人点了点头，然后跪在头狼旁边。体形最大的公狼发出了一连串奇怪的嚎叫声，然后迅速跑进森林里，其他的狼则分别朝着不同的方向跑去。几秒钟后，这些毛茸茸的白色动物就消失在这五彩缤纷的景色中。

"游戏骑士"松了一口气，可不安的感觉却没有消失。余光中，他看见有什么东西闪烁着紫色的光芒。他转过身，看到猎人手里拿着弓，箭在弦上，蓄势待发。她也眯起眼睛环视周围，一脸紧张。

"游戏骑士"走到她身边问："你也觉得不对劲？"

猎人点了点头，火红的鬈发像火苗一样跳动着。

"那你觉得会是什么？""游戏骑士"继续问道。

"我不知道……但我有种不自在的感觉。"猎人回答。

"没错，我也是这种感觉。""游戏骑士"说着扫了一眼队伍，找到挖掘工后，立刻跑到挖掘工身边，对他说，"挖掘工，马上会有事情发生。"

"什么事？"这位强壮的非玩家角色一边说一边从工具包里拿出他的大铁镐。

"我不知道，""游戏骑士"回答，"但我们需要做好准备，先派出巡逻队，其他人加速前进。"

"明白。"挖掘工说，然后大声下达命令。

"怎么回事？"后面传来一个声音。

"游戏骑士"转过身，看见布奇站在自己身后。他身上闪亮的铁盔甲反射出花朵的颜色，看起来像是穿着某种神奇的彩虹盔甲。

"我觉得不对劲，""游戏骑士"一边说着一边加快步伐，"你到队伍的左边去守着。"

布奇点点头，朝左边走去。

"克拉夫特，你守右边！""游戏骑士"喊道，"猎人，小裁缝，你们两个到前面去。我负责后面。"

"游戏骑士"放慢速度，让队伍从自己身边经过。他扫视周围的环境，寻找可疑的地方。他抬起头，看到太阳快接近地平线了，他希望在太阳落山之前能找到一个适合防御的地方落脚。

队伍继续往前走着，"游戏骑士"知道他们离奥林匹斯山不远了，因为他已经能看到森林群系的尽头。与色彩斑斓的森林相比，悬崖群系显得格外暗淡，无尽的灰色让人渴望见到明亮的色彩。他们应该能在傍晚时分赶到山脚下，也许那里会有一个适合安营扎寨的地方。

就在这时，"游戏骑士"听到了高高的树冠上传来树枝断裂的声音。他抬起头，想看看树枝和树叶中是否藏着怪物。但是橡树枝叶茂盛，层层叠叠的树叶挡住了他的视线。"游戏骑士"又看了看地面，想知道是不是有人踩到棍子或树枝，但是森林的地面上并没有碎棍子或者碎树枝，所以声音肯定是从上面传来的。

这时，后方传来一声狼的嚎叫声，声音响彻整个森林。

"有怪物！""游戏骑士"大喊，"大家向山那边跑！"

那只狼又嚎叫了一声，接着不停地咆哮，仿佛做好了作战的准备。但当它再次嚎叫了一声后，就安静了下来。

情况不妙。

"游戏骑士"奔跑起来，他听见树上传来咔嗒声。起初，听起来好像只有一只蜘蛛，但他知道事实不可能如此。

"快跑起来！""游戏骑士"喊道。

更多的蜘蛛加入到"打击交响曲"中，树上传出的咔嗒声越来越大。

非玩家角色们狂奔起来，大家都知道这是一场生死赛跑。骑兵离开主力部队，来到"游戏骑士"身边，准备拖住上面的敌人。猎人也骑着马过来了，手里还牵着一匹没有人骑的马，她把缰绳扔给了"游戏骑士"。"游戏骑士"接过缰绳，熟练地跃上马鞍，驾着马儿向前跑。

"猎人，把弓拿出来。""游戏骑士"喊道。

"射哪里？"她问。

"一会儿就知道了。"他回答道。

"游戏骑士"在森林里来回移动。每靠近一棵树，就在树干上放一块木头，再在木头上放一块炸药。其他人看到他的举动后，立即帮忙在树干上放置木块，这样"游戏骑士"只用放炸药就可以了。

"等蜘蛛再靠近点。""游戏骑士"说，但爆炸声盖住了他的声音。

第一块炸药爆炸了，他身后燃起了大火。橡树的顶端被一个巨大的火球吞没，清澈的蓝色天空露了出来。

咔嗒声变得更密集了，"游戏骑士"试着不去注意这些声音，把注意力集中在放置炸药上，他要尽可能地多放一些炸药。

突然，一支燃烧的箭划过天空，射中了另一个红白条纹的炸药方块。又一道火焰包围了树梢，在茂盛的树冠上撕开了一道缺口。透过烟雾，"游戏骑士"看到一双火红的眼睛在盯着他……不只一双。

越来越多的蜘蛛加入到攻击行动中，咔嗒咔嗒的声音听起来就像刮起了一阵风暴。一些蜘蛛从树梢的缝隙中掉下来，落在奔跑的非玩家角色后面。骑兵赶在他们的数量增加之前迅速消灭了他们。

又一支箭划过天空，直击目标，炸药爆炸了。"游戏骑士"瞥了猎人一眼，只见她露出一个满意的笑容，接着又射了一箭。

越来越多的蜘蛛掉到地上，现在一小队骑兵已经很难对付他们了。"游戏骑士"回过头，看见一个战士的脚被蜘蛛的爪子击中了，他从马鞍上摔了下来，重重地落在地上，身上闪着红光。好在其他骑兵赶紧上前帮他击退了怪物，受伤的战士才得以重新骑上马。

"骑兵们，向大部队靠拢！""游戏骑士"大喊，"我们不能分散兵力。"

"游戏骑士"知道，部队在战斗中被分成几个小队是很危险的。一个聪明的指挥官会采取各个击破的战术，这样一支小队伍也能打败一支大军队。

"所有人都加快速度！""游戏骑士"大叫道，"目标是前面那座山。"

"游戏骑士"已经看见了森林群系的尽头和悬崖群系的入口。他们头顶上空是高耸的巨大山峰，两旁的道路虽然陡峭但还能爬上去。但这意味着蜘蛛也同样能爬上去。不过，"游戏骑士"知道，到时候面对面战斗比现在敌人在暗处的情形好多了。

非玩家角色们迅速爬上了眼前的奥林匹斯山，森林被抛在身后。"游戏骑士"加速赶到主力部队前面，爬到一定的高度后，他回头看了看森林。

树梢上至少有一百只蜘蛛。他们那黝黑的、毛茸茸的身体遮住了绿叶，让那些树叶看起来都黑乎乎的。此时，所有怪物都看向了"游戏骑士"，他们红色的眼睛里闪烁着熊熊怒火。

如何对付这么多蜘蛛？"游戏骑士"暗自思考。

"大家加快速度！""游戏骑士"再次大声喊道。

看到猎物们开始逃跑，蜘蛛们纷纷拉起蛛丝从树梢上回到地面。"游戏骑士"用双腿夹了夹马肚子，加速奔跑冲下山坡，在队伍后面停了下来。他勒住缰绳，转了个头，正面对着朝他冲过来的蜘蛛，同时左手抽出铁剑，右手握着钻石剑。兴奋的怪物们发出了恐怖的咔嗒声，"游戏骑士"的坐骑不由得紧张地嘶鸣着。

突然，不知从哪里冒出来十几只狼，来到"游戏骑士"身边，狼嚎声顿时盖过了怪物的咔嗒声。上百只蜘蛛齐刷刷地盯着"游戏骑士"，眼睛里充满了仇恨。

"我不知道如何消灭这么多蜘蛛，""游戏骑士"轻声地自言自语，"但我不会让HIM和这群怪物为所欲为。"然后，他提高嗓门，充满自信的声音响彻整座大山，"蜘蛛们，你们休想从我这里闯过去。我要为《我的世界》而战！"

然后，"游戏骑士"和狼群都冲了上去。

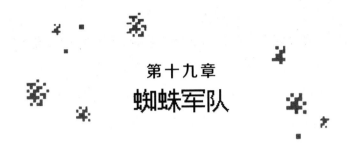

第十九章
蜘蛛军队

看到只有"游戏骑士"和狼群冲上来，蜘蛛们都停了下来。"游戏骑士"听到蜘蛛们都在敲击自己锋利的上下颚，仿佛对即将到来的大战势在必得。

"开火！""游戏骑士"身后响起一个声音。

他听出是猎人的声音。就在这时，一支支箭从山坡上射进蜘蛛群，这些毛茸茸的怪物在受伤后身上发出了红色的光芒。

"上来！"猎人喊道。

"游戏骑士"赶紧停了下来，转头往后看，只见部队的弓箭手们有序地隐藏在一块块圆石后面，向蜘蛛射箭。"游戏骑士"骑着马跑向防守部队。

"狼，跟上！"他大喊一声。

狼群立即调转过身，跟着"游戏骑士"沿着山坡向上跑。一到防御线，"游戏骑士"立即把马儿交给了一个年轻的非玩家角色——他手里牵着十几个人的坐骑。"游戏骑士"掏出魔法弓箭，这时箭雨纷纷朝敌人射去。

但致命的弓箭雨没能挡住蜘蛛前进的步伐，蜘蛛群继续冲向山坡。蜘蛛们本想曲折前进躲避弓箭，但他们的数量实在太多了，所以弓箭手基本箭箭命中。但即便这样，弓箭手还是无法击退蜘蛛群。"游戏骑士"知道如果他们选择坚守阵地，只能坐以待毙。

"我们得撤退。"他对克拉夫特说。克拉夫特在战斗时来到了他身边。

"好的。"克拉夫特赞同道。

"让老人和小孩继续往上爬。""游戏骑士"解释道，"让一半弓箭手组成一道新防线。"他抬头看了看山腰，"我看到上面好像有个洞穴，我们退到那儿去。"

"可你怎么击退蜘蛛？"克拉夫特问，"如果我们带走一半的弓箭手，你们会撑不住的。"

"没事，我有办法能撑一段时间。""游戏骑士"笑着说。

克拉夫特点了点头，转过身发号施令，让众人和马匹一起上山。挖掘工领着一半弓箭手往山上走，剩下的弓箭手继续射击。

"游戏骑士"继续发射着魔法箭。燃烧的箭矢不断向蜘蛛飞去，点燃了这些长着绒毛的怪物。"游戏骑士"看见越来越多的火焰箭从防线左右两侧射出来，他知道这是猎人和小裁缝射的。不过即使箭如雨下，蜘蛛们也还在继续前进。

一些弓箭手后退了几步，随着蜘蛛的黑爪子和尖牙越靠越近，他们越来越害怕了。

"坚守阵地！""游戏骑士"大喊道，声音里充满了威严，"我们必须给上面的部队争取时间。我们不能退却。今天是我们好好教训HIM和其爪牙的好日子！"

弓箭手们感觉到了他的声音中流露出的自信和坚定，于是又向前迈了一步，同时加快了射箭的速度。

"'游戏骑士'，蜘蛛们越来越近了！"猎人在防线的另一端大喊，"我们得赶紧想办法。"

"别担心，我有一个主意。"

"游戏骑士"把身子往左靠了靠，把自己的计划小声地告诉了旁边的非玩家角色。

"把计划一路传下去。"他对这位战士说。战士转过身，把计划传达给了下一个人。

几分钟后，留下来的战士们都接收到了命令，静静等待着行动信号。蜘蛛现在离防线只有四个方块远了，"游戏骑士"几乎都能看清他们愤怒的眼睛周围细密的绒毛。

"'游戏骑士'，要是他们再靠近的话，我就可以把他们当帽子戴了！"猎人大喊道。

"大家都准备好了吗？""游戏骑士"喊道。战士们点点头，"开始行动！"

战士们纷纷拿出水桶，把水朝着蜘蛛群泼了下去。水从山坡上流下来，把怪物也冲了下去，他们往后退了十几个方块远的距离，甚至更多。

"大家赶紧上山！""游戏骑士"大喊。

非玩家角色们转身奔跑起来。到达山洞后，弓箭手再次开始射击。这一次所有的弓箭手都在，一共有三十个人一起向前进的怪物发起攻击。

"游戏骑士"转过身看了看所处的山洞。这个洞看起来像是从山的上方往下凿出来的。地面凹凸不平，杂草丛生。很明显，崎岖的地面不是用镐开凿出来的，而是用别的什么东西造成的。远远望去，头顶上方有一长排圆石从山坡上笔直地伸进来，一直延伸到洞穴的高处，这使山洞看起来就像头顶上的圆石建筑的尽头一样。

也许我们可以做些类似的事情，"游戏骑士"心想。

"游戏骑士"小心翼翼地走到悬崖的边缘，然后一个接一个地把圆石放在地上排成一列，一直延伸至半空中。圆石小路离山坡越来越远，最后"游戏骑士"站在了蜘蛛的正上方。

"'游戏骑士'，你在干什么？"挖掘工问道。

"一会儿再和你解释，""游戏骑士"回答，"你赶紧像我这样造一条小路，让其他人也造。"

挖掘工放下镐，示意战士们一起造小路。很快，奥林匹斯山的山坡上就多出了十几条往空中伸出的圆石小路。

往山上冲的蜘蛛们冒着箭雨，抬头看向"游戏骑士"和挖掘工。

"有炸药的人到圆石小路的末端来。""游戏骑士"说。

非玩家角色们收起弓箭，小心翼翼地走到圆石小路上。

"现在，把炸药方块放在边上，点燃它们。""游戏骑士"下令。

"游戏骑士"俯下身，在圆石小路末端放了一块炸药，然后用红石火把点燃炸药。方块开始闪烁，接着从小路上掉了下去，落在了蜘蛛中间。炸药爆炸后，燃烧的气流向蜘蛛群猛扑过去。接下来更多闪烁的方块落在怪物身上，然后"砰"地炸裂开来。蜘蛛被炸向四面八方，他们的身体不断地发出红光。

"继续扔炸药！""游戏骑士"大喊。

他们以最快的速度把红白条纹的方块往下扔，向蜘蛛群中投掷了数不清的炸药。爆炸给这些毛茸茸的怪物造成了毁灭性的打击，瞬间耗尽了他们的生命值。

不停爆炸的炸药在山坡上炸出了一个很深的洞。渐渐地，进攻的蜘蛛大军被炸得七零八落，这个洞也被经验值球和蛛丝填得满满的。几分钟后，山坡上只剩下零星的几只蜘蛛了。

"战士们，拔出剑来进攻！"克拉夫特大喊道。

狼群咆哮着冲在最前面，沿着山腰疾驰而下。

"留一个活口。""游戏骑士"一边大喊，一边从圆石小路上跳下来。

"游戏骑士"拿着两把剑，冲下山坡，撞向蜘蛛，他先是朝左边猛砍，然后又用剑往右边刺去。蜘蛛们虽然知道现在败局已定，但他们谁都没有后退。

最后，山坡上只剩下一只蜘蛛。他已经精疲力竭，非玩家角色们看到他的生命值即将耗尽。

"游戏骑士"放下铁剑，拿出了盾牌。他右手拿着钻石剑，走近怪物。蜘蛛抬起头来，用满是仇恨的眼神注视着他。

"你阻止不了我们。"蜘蛛发出咝咝声，不服地说，"沙瓦拉克正等着你。"

"只要告诉我们你的女王在哪里，我们就饶你一命。""游戏骑士"说。

蜘蛛笑了，接着，它把上下颚合在一起。

"你不是沙瓦拉克的对手，"蜘蛛说，他的视线开始变得模糊，"女王在开关附近生成了许多蜘蛛，你阻止不了我们前进的步伐。"

"游戏骑士"又向前迈了一步，正想说话，突然怪物扑向了他，弯曲的爪子朝他刺了过来。"游戏骑士"举起盾牌挡住了怪物，然后，他举剑刺向蜘蛛。蜘蛛消失了，留下了许多经验值球和蛛丝。

"他说的是什么意思？""游戏骑士"问站在自己身后的克拉夫特。

"他提到了开关？也许那就是命令方块？"克拉夫特说。

"游戏骑士"点点头。

"我们必须尽快找到沙瓦拉克，关闭HIM的定时器。"

"游戏骑士"说。

"但我们从哪儿开始找？"小裁缝说，"任何地方都可能有通向定时器的隧道。"

"我觉得大家最好都先上来一下。"一个声音从上面传来。

"游戏骑士"抬起头，看到牧人斜倚在断崖的边缘。他们跑到山上，发现牧人早就一路退到了山洞里面。阴暗中，"游戏骑士"差点没注意到石块上的标志牌，而石块旁边就有一个隐蔽的隧道入口，能进入大山的内部。如果没有这个极其不显眼的标志牌，他们永远也不会注意到这个隧道入口。

"牌子上写着什么？""游戏骑士"问。

"太黑了，我看不见。"牧人说。

挖掘工拿出一支火把插在石墙上。"游戏骑士"往前弯下身子，从标志牌上的裂缝可以看出这块牌子已经很古老了。阅读完牌子上的那句话后，"游戏骑士"一头雾水。

"上面写着'"游戏骑士"到此一游。'可这怎么可能呢？""游戏骑士"说。

"你以前来过这里吗？"克拉夫特问。

"游戏骑士"摇了摇头。

"我之前都没见过奥林匹斯山，更别说这个标志牌和这条隐藏的隧道了。""游戏骑士"解释道。

"我认为我们应该从这里开始搜索。"猎人说，"毕竟刚好有'游戏骑士'的标志牌在这儿。"猎人说着笑了起来。

"行啊，""游戏骑士"回答道，"那就开始吧。"

"游戏骑士"整理好自己的盔甲，然后拿出一支火把，小心走进隧道里。穿行在狭窄的隧道里，"游戏骑士"想到了所有的村民，他们都寄希望于自己能找到HIM的定时器，阻止他摧毁这个世界。想到这些，"游戏骑士"不禁忧心忡忡，身体也有些发抖。

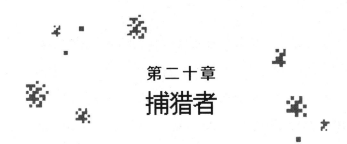

第二十章
捕猎者

隧道只有一个方块宽，两个方块高。众人先往上走了四个方块，然后再左拐，接着又右拐，然后再次左拐，一路曲折地来到大山的深处。他们此刻所在的地方一片漆黑，唯一的光源是"游戏骑士"手中的火把。

又拐了几个弯，众人终于来到了隧道尽头的大房间，房间看上去像是集会的场所，里面铺着平坦的石头地板，墙面凹凸不平。整个房间至少十二个方块宽，十二个方块长，地面离天花板至少有二十个方块的高度，根本无法借助火把发出的光芒看清上面。房间的另一端有一支红石火把，火把附近有一个入口，似乎连接着后面的隧道。在深红色光芒的照耀下，他们看见入口上呈弧线型放置着几个石英块，使得整个入口看上去像某个怪物的巨大嘴巴，石英块就像怪物的巨大牙齿，后面的隧道看上去则像是那个怪物的喉咙。

"这一定是HIM的杰作，"克拉夫特说，"在《我的世界》里，除了他没人会刻意把隧道入口做得如此恐怖。"

"游戏骑士"点了点头，转过身来，看着站在隧道里的村民。他们都举着火把，迷茫的方脸上映着火把的光亮。村民的数量大概有五十个，有的人手持刀剑，更多的人只有铁镐和锄头，而且只有一部分村民身上穿着盔甲。幸好他们都有弓，这在刚刚的战斗中发挥了很大作用。不过，在狭窄的隧道里，"游戏骑士"认为弓箭的作用并不大。

这支临时组成的队伍如何打败HIM的怪物，阻止他的阴谋呢？"游戏骑士"暗想。

这时，猎人忽然咳了一声。"游戏骑士"困惑地看着她。

"我们不进去吗？"她说，"难道待在外面欣赏风景？"猎人对"游戏骑士"露出一个淘气的微笑。

"是该进去了。""游戏骑士"叹了口气说。

"总算要进去了。"猎人向前迈了一步。

突然，"游戏骑士"意识到不对劲。他伸出手，抓住猎人的盔甲，猛地把她拉了回来。

"怎么了？"她喊道。

"等等，""游戏骑士"回答道，"太顺利了……我有点不敢相信。"

"难道非要有怪物你才满意？"猎人说。

"游戏骑士"没理她，而是重新打量房间。他说不出到底哪里出了问题，于是拿出一块石头，转过身看向克拉夫特。

"你身上有绳子吗？"他问道。

"当然有，我总会随身带绳子。"克拉夫特回答。

"游戏骑士"用绳子拴住石头。"大家都往后退。"

说完,他开始用力抡绑着石头的绳子。石头越转越快,然后"游戏骑士"把它扔向入口,石头"咚"的一声落在地上。

"真好玩。"猎人说了一句。小裁缝拍了一下她的手臂。

"游戏骑士"没理她们姐妹俩,他的注意力都在石头上。他慢慢地拉绳子,把石头往入口处拉。石头在地上摩擦着、翻滚着,发出的声音在墙壁间回荡。

"这倒挺有意思的,"猎人说,"但是……"

话还没说完,突然响起了爆炸声。一个炸药在隧道入口附近爆炸了,地面立刻被炸出了一个大坑。爆炸的冲击波把"游戏骑士"向后推了好几步,让他撞到了身后的布奇。幸运的是,爆炸离他们比较远,所幸没有人受伤。怪物在这里布置了陷阱,为了消灭像他们一样的入侵者。

"看样子我们猜对了。"布奇愤愤地说。

"如果隧道里设了陷阱,我们怎么穿过去?""游戏骑士"问。

"别担心,"布奇说,"从最后一个村庄来的捕猎者可以引导我们通过隧道。"他转过身喊,"捕猎者,到前面来。我们需要你的技能。"

身后的队伍里发出了嘈杂声,一个非角色玩家慢慢往前移动着。

"捕猎者是什么人?""游戏骑士"问,"我都没听说过。"

"捕猎者就是设置陷阱捕捉猎物的人，"布奇解释道，"他们不使用箭或剑，而是利用陷阱和圈套捕捉野外的动物。他们有敏锐的视力，能找到合适的地方放置陷阱；他们的手指非常灵活，会建造陷阱。捕猎者虽然人数不多，但很有用。"

"真想赶紧见到这位捕猎者。""游戏骑士"说。

那名非玩家角色穿过人群，来到最前面。"游戏骑士"惊讶地发现这是一个和猎人年龄相仿的女孩，一头长长的金发从她后背和肩膀上垂下来，一双明亮的蓝眼睛好奇地看着"游戏骑士"。捕猎者穿着草绿色的长袍，长袍上有一道棕色的条纹，颜色很像树干。

"'游戏骑士'，这就是捕猎者。"布奇说，"她是《我的世界》中最好的捕猎者，在这一带的村庄里很有名。要说谁能找到设在隧道里的陷阱，那一定就是她。"

见布奇这样介绍自己，捕猎者的方脸变得通红。

"谢谢你，布奇，但我和其他人一样只是个捕猎者。没什么特别的。"她说。

"这我们心里有数，"布奇回答道，"请带路吧。"

布奇指着隧道的入口。捕猎者从他身边走过，绕过炸药炸出来的深坑。"游戏骑士"紧跟在年轻女孩身后，同时把火把放在黑暗的入口附近，让每个人都能看见这边。走进入口的时候，"游戏骑士"抬头看了一眼入口上方的石英块。

"这玩意儿让我有一种不祥的预感。"猎人在他身后说。

　　"游戏骑士"回头看了她一眼，本想给她一个鼓励的微笑，但最后只做了个鬼脸。他知道，他们已经别无选择。HIM的定时器就在这条隧道里，所以不管发生什么，他们都得进去。他只希望能在一切都被摧毁之前及时赶到。

第二十一章
收割者的布局

爆炸声穿过岩石传了过来。骷髅之王往上看了一眼岩洞的墙壁，担心它是否坚固，会不会马上有无数石头和沙土落在他们的头上。

隧道没有坍塌，骷髅之王苍白的脸上露出了邪恶的微笑。

"看来有客人来了，"蜘蛛女王说，"也许我该把蜘蛛从外面召唤回来。"

"不要，"骷髅之王厉声道，"你的蜘蛛不是在山脚附近巡逻吗？"

蜘蛛女王点了点长满绒毛的黑色脑袋。

"就让他们待在那儿，刚才的爆炸可能是某个非玩家角色或玩家在探险。让你的蜘蛛军队继续守卫山脚，别让'游戏骑士'通过隧道入口。我会处理所有入侵者——前提是他们能活着找到我。"

骷髅之王从工具包中抽出长弓，转过身来，向圆石平台边上的黑影望去。他慢慢把长弓举过头顶，向他的军队发出命令。接到命令后，上百个骷髅从黑暗中走出来，来到圆石平台的中心。每个骷髅都拿着一把致命的弓，弦上有箭。

"我会亲自指挥我的骷髅军队继续往山的内部挖。"骷髅之王说，"我的士兵会堵住每一条隧道，入侵者不可能进入这个神圣的洞穴。这个动静如果是'游戏骑士'弄出来的，那就更好了。我不会让他碰到HIM的命令方块。"

骷髅之王大步走出洞穴，骷髅大军紧跟在他身后，骨头的碰撞声在墙壁间发出回响。

圆石平台和大洞穴之间用一座桥相连，骷髅大军此时正走在桥上。由于桥面没有栏杆，怪物们放慢了速度，以免跌落下去，因为下面是深不见底的深渊。

安全地通过桥后，骷髅们分散开来，向隧道深处移动，为后面的部队腾出空间。过桥时，骷髅之王走在最后，此时他从骷髅中间挤过去，走到了队伍的最前面，带着军队穿过错综复杂的迷宫般的隧道。隧道里有很多岔路，每一条都通向不同的方向。虽然墙壁上插着红石火把，但所有隧道都笼罩在黑暗之中。骷髅之王在每条通道的入口处都留下了一小队骷髅，以确保每条通往HIM洞穴的通道上都有骷髅把守。

"你们都要贴紧墙壁，躲在阴影里。"骷髅之王对每个小队下达命令，"上方的隧道里隐藏着许多陷阱，我相信它们会摧毁任何一个试图下到这里来的人。但是如果陷阱没有阻挡住他们，你们就必须派一个骷髅到HIM的洞穴通报，其余的骷髅留在这里与他们继续作战。"

"很快，你就能见识到我这把长弓的厉害了，'游戏骑士'。"骷髅之王大声说道，声音不断在隧道里回响，接着他发出了干涩刺耳的笑声，毫无生命力的双眼里射出了仇恨之光。

第二十二章
找到洞穴

捕猎者手拿火把，领着队伍慢慢穿过通道。她盯着脚下，小心翼翼地往前走着，仔细检查隧道地面上的每一个方块，看是否有压力板和绊索。到目前为止，她已经解除了七个陷阱。这些陷阱在设计和布局上都很相似，因此发现它们很容易。

他们在一个笔直的通道里前行，有个非常微弱的声音在石墙间回响。

"大家都停下。""游戏骑士"低声说。

"你那么小声干什么啊？"猎人咋咋呼呼地说。

"嘘……附近有怪物，"他说，"大家停下来仔细听。"

大家一动不动地站着，竖起耳朵仔细辨别通道里的回音。又传来一阵嘈杂的声音，就像有人在晃动一个装满了枯枝的袋子。

"是骷髅。"布奇一边拔剑一边咆哮。

猎人和小裁缝拿出自己的附魔武器，通道里立刻被紫色的光芒照亮。"游戏骑士"意识到，他们这样很容易暴露自己。

"所有人听着，收起你们的附魔武器和附魔盔甲，""游戏骑士"说，"我们需要黑暗的掩护，才能在不被怪物发现的情况下接近洞穴。"

"但我需要一支火把判断前方是否有陷阱。"捕猎者说。

"我们这会儿没遇到过陷阱，""游戏骑士"想了一会儿后回答道，"骷髅附近肯定不会有陷阱，因为这些笨拙的怪物会不小心触发它，"他低头看着年轻的捕猎者，耸了耸肩，"所以我们只能冒险一试。"

"游戏骑士"一声不吭地脱下自己的附魔钻石盔甲，换上暗淡的铁盔甲，然后拔出铁剑和盾牌，穿过隧道继续前进。随着他们深入，咔嚓作响的骨头碰撞声越来越大。很明显，前面有一群骷髅，但听起来数量不多。

"游戏骑士"尽可能保持安静，小心翼翼地走到通道的转弯处，四下看了看。在两条通道的交叉处，他看到了一群骷髅挨着附近的红石火把。怪物们好像想躲在火把附近的黑暗中，但还有很多正傻乎乎地站在亮光旁。目前他至少能看到四个怪物。可能还有更多的怪物躲在暗处。

"和我们想的一样，前面有骷髅，""游戏骑士"扭头对朋友们说，"但不清楚有多少。我肯定还有一些躲在黑暗中。我们现在这么做……"

他给大家大致讲了自己的计划。给每个人分配好任务后，他拔出铁剑和盾牌，准备作战。

"大家都准备好了吗？"他问。

大家都点了点头。

"好的，挖掘工，布奇，我们一起行动，""游戏骑士"说，"克拉夫特，十秒钟后你和其他人一起跟上来。"

"好的。"他的朋友回答道。

"游戏骑士"紧紧地握着剑，把盾牌挡在自己面前，冲过拐角朝怪物奔去，挖掘工和布奇紧随其后。

没等他来到红石火把旁边，他的脚步声就暴露了他。"游戏骑士"向前冲的时候，箭雨朝他射来，但被他的盾——挡住了。他的速度丝毫没有降低，在骷髅群中一顿乱砍，然后继续沿着隧道前进。前进了四个方块的距离后，他停了下来，转身直面怪物。

"游戏骑士"把盾牌扔给离骷髅最近的布奇，然后来到他的右边，挖掘工则在左边。

这时，克拉夫特和队伍里的其他人从黑暗中出现，从后面攻击骷髅。骷髅们别无选择，只能不断后退来保持队形。现在它们被前后包围了，战士们冲进怪物的队伍里，一路杀过去。骨头和经验值球掉了一地，其中一个骷髅丢下弓，逃进了黑暗中。

"牧人，别让那怪物跑了！""游戏骑士"喊道。

"狼，进攻！"牧人喊道。

狼群从黑暗中疾驰而去，隧道里充满了它们的咆哮声。不一会儿骨头被咬碎的声音响起，然后一切都安静下来。一分钟后，狼群又跑了回来，脸上带着庄严而骄傲的神情。

"最好留个活口。""游戏骑士"提醒其他人。

包围圈越来越小，终于只剩下一个骷髅了。猎人想办法把弓从这个骷髅的手上打了下来，他只能用剩下的一支箭来自卫了。

"回答我们的问题就可以活下来，""游戏骑士"挤进队伍，对他说，"不然只有死路一条。"

当骷髅看到"游戏骑士"头顶上的名字后，惊讶极了。

"敌人来了。"骷髅咔嚓地说。

"看来你很有名呀。"猎人笑着打趣。

骷髅像握匕首一样握着箭，扑向"游戏骑士"，但他还没来得及靠近"游戏骑士"，布奇就用盾牌击倒了他。怪物身上闪起红光，倒在地上，奄奄一息。

"我再说一遍，想活下来，就回答我们的问题，否则只有死路一条。""游戏骑士"说。

"我不怕，"骷髅说，"我们为你和你的朋友准备了'欢迎仪式'。你们永远也进不了HIM的洞穴。每个入口都有骷髅在等着你们，你们没有任何机会。"

"我很想跟后面的蜘蛛战斗。你们这些骷髅太弱了，实在算不上什么挑战。""游戏骑士"刺激他说。

"沙瓦拉克已经备好东西在等着你，你和你那些可怜的队友都会被消灭，"骷髅尖声说，"只要轻轻一按开关，你们就毫无胜算。休想靠近密室，你们这么多人一定会被发现的。"

"我们走着瞧，骷髅，""游戏骑士"微笑着说，"还有，谢谢你提供的信息。"

怪物怒视着他，眼睛里充满了仇恨。他用尽最后一点力气冲向"游戏骑士"。但还没等他跑到"游戏骑士"跟前，两支火红的箭在空中划过，将他消灭了。

"我就知道这个骷髅图谋不轨。"猎人在隧道的右边说。

"他说蜘蛛女王会打开一个开关，"克拉夫特说，"这和蜘蛛说的一样。那一定是命令方块。"

"但是命令方块怎么会让蜘蛛出现呢？"挖掘者问。

"在《我的世界》中，命令方块可以做很多不可思议的事情，""游戏骑士"解释道，"生产怪物是一项相对容易的任务。一个命令方块就可以刷新出无数小怪物。"

"听起来就很糟糕。"布奇很担心。

"确实不太好。"克拉夫特赞同道。

"但骷髅给了我们更多的信息，""游戏骑士"补充道，"他说一大群人是没法偷偷溜进密室的。这说明两点：第一，一定有这样一间我们要找的密室；第二，一小队人可以偷偷溜进去。"

"可是密室在哪儿呢？"克拉夫特问。

"我想我知道这个问题的答案。"黑暗中传来一个声音。

捕猎者从一条继续向下延伸的隧道里走出来，走进红石火把的亮光里，金色的头发发出温暖的橙光。

"你们在战斗的时候，我往前探索了一下，"她说，"沿着这条隧道往下走一点，会发现墙上有个洞，这个洞通向一个巨大的洞穴。大家过来看看吧。"

不等大家回答，她就转身向黑暗中跑去。"游戏骑士"跟上女孩的步伐，其他人也紧随其后。他们沿着隧道走了大概一分钟，终于来到了一个缺了一堵墙的地方。

"游戏骑士"贴着墙壁移动，从洞的边缘四下窥视。下面是一个巨大的洞穴，比他见过的任何僵尸村都要大。洞穴有一个入口，他看到一小群骷髅正守在那儿，收割者站在旁边，右手拿着一根骨头做的大长弓。别的怪物倒是没有踪影。

布奇说："那个愚蠢的骷髅之王一定在隧道里分散了兵力，这可是兵家大忌。"

"难道你希望所有骷髅都在一起？"猎人反问。

布奇摇摇头说："幸好他这么愚蠢，反而给了我们机会。"

"'游戏骑士'，你看到洞穴那头的数字了吗？"克拉夫特问。

他朝克拉夫特手指的方向看了一眼，黑暗的墙壁上，可以看到由红石灯制成的明亮数字，数字18闪闪发光，只是一眨眼的工夫，数字就变成了17。

"那玩意一定接通了电路。""游戏骑士"说，他的思路一下子清晰起来。

克拉夫特点了点头，把手伸进工具包，拿出一支红石火把。他将火把放在远处的墙上，这样一来他们就能看得更清楚一些了。

"为什么HIM还不动手？"小裁缝问。

"他一定在等着定时器下面的水池被填满，""游戏骑士"说，"你们注意到岩浆是从墙上的洞里流出来的了吗？等到水池填满后，命令方块会把岩浆传送到所有的村庄。"

"我们必须让那个定时器停下来，"挖掘工的声音里充满了愤怒，"可我们怎么下去呢？你看到那座狭窄的桥了吗？即使只有一小群骷髅，他们也能抵抗很久，"他转过身去，看着"游戏骑士"说，"可能性不是没有，但过程很艰难。我们得先消灭洞穴里的骷髅，然后再对付蜘蛛女王和她的命令方块。最后，我们得走到洞穴的尽头，摧毁一切。但眼下我还没有对策。"

克拉夫特点了点头，同意挖掘工的话。

"游戏骑士"向前移动了一步，仔细观察洞穴内部。他盯着洞穴、骷髅和桥梁，解开谜题的拼图在他脑海里打转。他知道一定有办法，他得尽快想出来。

"要是这个洞穴有后门的话，就太方便了，"猎人说，"这样我们就可以轻易溜进去，解决所有的问题。"

这时，末路之地的黑曜石柱突然出现在"游戏骑士"脑海中。既然它在那个时候奏效了，现在也可以。但是蜘蛛的命令方块怎么办？

这时，一只狼轻轻咬住了"游戏骑士"的脚踝。他低头看着那只动物，明白了它的意思。

"当然，""游戏骑士"对它说，"我知道行得通。我猜是开发者让你这么做的，是不是？"

这时，《我的世界》的音乐在他的脑海里回荡，万事俱备，他笑了起来。

"你有办法了，对不对？"猎人激动地问。

他点了点头。

"危险吗？"小裁缝问。

"游戏骑士"又点了点头。

"相当危险吗？"猎人继续追问。

"游戏骑士"点了点头，冲她笑了笑。

"我喜欢！"她大喊。

"好了，""游戏骑士"说，"我来说说我的主意。"

第二十三章
潜入洞穴

"游戏骑士"、猎人和布奇把同伴留在狭窄的隧道里。他们小心翼翼地移动，随即消失在了黑暗中。"游戏骑士"回头看了看伙伴们，他们仍聚在那个能望向密室的洞口附近，轮流监视着定时器，静静地等待着。

希望我的计划能成功，那样我们就可以在不被那些骷髅发现的情况下，顺利进入到那个洞穴里，"游戏骑士"想，我不能让这几个人直接和数百个骷髅作战——那样做无异于送死。

"快走吧，"猎人把手放在他的肩上，低声说道。

她像个幽灵一样移动着，从这片阴影跑到另外一片，领着大家穿过这条向下延伸的曲折隧道。"游戏骑士"手持红石火把，有了光亮，他们就不会掉入陷阱或被绊索钩住。还好一切顺利，谁都想不到他们能走这么远。

很快，他们就听见了骨头的咔嚓声，现在距离那个大洞穴已经很近了。他们熄灭了红石火把，在黑暗中缓慢前进。前面是两条隧道的交汇处：一条继续向下，另一条向上倾斜。在十字路口的中央有一支红石火把，在隧道的墙壁和石头地板上投下了浅红的光。

隧道里似乎空无一人。但在这一圈光亮的边缘，似乎有什么东西在动，一阵咔嚓声传到了三个人的耳朵里。"游戏骑士"在黑暗中仔细观察，他的眼睛已经习惯了昏暗的光线。来者的身形从阴影中显现出来：一个苍白的骷髅站在黑暗中，白骨反射着耀眼的光。

"前面至少有三十个骷髅。"猎人低声说。

"我们对付不了这么多。"布奇说，"即使有牧人的狼群帮忙也不行。"

猎人盯着那些怪物，慢慢地挪到隧道的右墙边，凝视着向下的隧道，然后移到左侧，又重复了一遍刚才的做法。她转过身来面对着同伴们，脸上的微笑在黑暗中若隐若现。

"我可以引开它们。"她说。

"怎么做？""游戏骑士"问。

她看了他一眼，又笑了，然后拿出一块泥土，放在隧道的最右边。她在泥块上插了一支箭，便于抓取。

"我得快一点，这样他们就看不到我的附魔弓了，"猎人小心翼翼地在隧道上放了更多的泥块，只留下一条狭窄的空间方便她射箭。放好泥块后，她摆出射箭的姿势，但并没有从工具包里拿出弓。

"你在做什么？""游戏骑士"低声问。

"在等最佳时机，"她小声说，"安静点，让我来处理。"

　　她慢慢把手伸进工具包，一动不动地站在那里等待着。"游戏骑士"转过身望着骷髅。显然怪物已经不想躲在暗处了。他们认为敌人不可能跑到这么远的地方来，于是开始放松警惕，聚集在红石火把周围，漫无目的地走来走去。

　　突然，某个地方响起了回声，骷髅都朝那边看去。猎人的时机到了。她熟练地拿出附魔弓，快速拉弓射箭，箭从隧道里射了出去，接着她在大家看到彩虹般的光芒之前收了弓。整个动作如行云流水，发生在一瞬间。燃烧的箭向上弹起，擦过上方的天花板，神不知鬼不觉地飞过十字路口，冲进了旁边向上倾斜的隧道中。闪烁的箭深深地插在地面上，箭头上的魔法火焰还在燃烧着。

　　骷髅站在那里一动不动，有些不知所措，他们都不知道刚刚发生了什么。

　　"有用吗？"布奇问。

　　"等着就是了，这些骷髅蠢得很。"猎人低声说。

　　期待的事情终于发生了：一个骷髅看到了燃烧的箭，立刻被吸引过去。其他的怪物也跟着看向隧道，跑去查看，最后只有一个骷髅守卫十字路口。

　　"快！"猎人说着，拉开一把普通的弓，搭上一支箭。

　　"游戏骑士"拔出铁剑，整理了一下自己的铁盔甲，跟上猎人，他的朋友像一只掠食的猫一样安静优雅地向前跳跃。他们悄无声息地从一处阴影走到另一处阴影，不断靠近那个留守的愚蠢怪物，此刻骷髅仍旧背对着他们。走到红石火把的亮光边缘时，布奇伸出手，用他强壮的胳膊搂住怪物，一只手则捂住他的嘴。与此同时，猎人向怪物射了一箭。几秒钟后，怪物耗尽了生命值，无声无息地消失了。"游戏骑士"向前移动，收集好经验值球和骨头，朝着那条向下倾斜的隧道跑去，奔向目标。十字路口处空荡荡的，没有留下他们来过的痕迹。

他们重复这个办法，用燃烧的箭把愚蠢的骷髅引开，然后在没有守卫的十字路口快速通过。通过了另外的三个路口后，他们终于到了HIM洞穴的入口处。

透过入口，"游戏骑士"清楚地看到洞穴里的细节。一条狭窄的岩石小桥延伸到洞穴里，小桥两侧是致命的黑暗深渊。窄桥的尽头有一个巨大的石圈从洞穴的左边延伸到右边，但没有连接到远处的墙上，那里发光的数字正在慢慢减少。石圈只覆盖了洞穴的一边，还有另一座窄桥延伸到另一个隐藏在阴影中的石头平台上。越过那个石头平台，他在阴影中看到了一些石块，但在黑暗中没法看清楚那到底是什么。显然，设计这些窄桥是为了让石头平台上的怪物能够轻易守住阵地，阻止外者来入侵。

"游戏骑士"微微一笑。

窄桥的另一端，一群骷髅站在那里无所事事，没有注意到任何动静。在红石火把暗淡的光下，"游戏骑士"看到右侧墙壁的高处有一个小洞，透出一道微弱的红光。他注意到左墙旁边的平台上有一个单独的命令方块，方块的一边有一个开关控制杆。他想，那一定是蜘蛛女王的命令方块，也是我的目标。

"两位准备好了吗？""游戏骑士"问。

猎人和布奇点了点头。

"那就动手吧。"

希望我们能成功。他一边想着，一边拿出一块圆石，把它放在岩洞陡峭的墙壁上，当作立足点，然后慢慢爬上去。另一边的猎人和布奇也重复着他的动作。他们沿着洞穴墙壁的边缘慢慢地移动着，小心翼翼地站在一块石头上，下方是一眼望不到底的深渊。

"游戏骑士"压抑着内心的恐惧，把下一块圆石放在墙边。那块圆石似乎不够宽，无法让他站稳，他只得反复提醒自己不要掉下去。他凝视着脚下的深渊，恐惧麻木了他的神经。

我可以的，他把目光从下面的黑暗中移开，给自己打气。"游戏骑士"试探着向前迈了一步，然后从工具包中取出另一块石头，贴在岩壁上又向前走了一步，在这过程中他的视线一直紧盯着他的目标——蜘蛛女王的命令方块。

第二十四章
直面怪物

"游戏骑士"紧贴着光滑的洞穴墙壁，屏住了呼吸，因为下方正有一个骷髅走过来。那个怪物沿着圆石平台的边缘移动着，越来越近。他走到悬崖边上，向下看了看无尽的深渊，然后离开了悬崖，没有抬头去看上面的墙。此刻"游戏骑士"正紧贴着墙壁，站在一块圆石上。

突然，"游戏骑士"脚下一滑，发出了声音。如果怪物看见他，就有大麻烦了。

"游戏骑士"待着不动，试图让心跳平稳。怪物往四周看了看，抬起头盯着洞穴深处那个巨大的数字。数字13在黑暗中闪闪发光，骷髅笑了起来。他转过身来，拖着步子走开了，这附近什么都没有，他很满意。

"游戏骑士"慢慢地呼了一口气，又深深地吸了一口气，他的心跳回到了正常的频率。额头上的汗珠顺着他的脸流了下来，进入他的眼睛，一阵刺痛感传来。他顾不上不适感，赶紧专注在眼前的事上。他拿出另一块圆石，把它放在陡峭的墙壁上，又向前走了一步，沿着这个巨大的洞穴慢慢前进。他的目标是那个命令方块，虽然还有几个方块远，但已经胜利在望了。

　　猎人和布奇在洞穴的另一边前行，"游戏骑士"几乎看不到他们，但不时反射在他们盔甲上的红光显示了他们的位置。他们就快到达圆石平台最远的那端，很快就要进入第二阶段了，他得赶紧完成任务。

　　"游戏骑士"加快速度放置圆石，沿着正在搭建的狭窄平台移动。洞穴另一边的嘀嗒声让他忍不住想要加快速度，但他清楚任何失误都无异于送死，他必须小心。

　　他又放了更多的圆石，眼看就要接近命令方块了。为安全起见，他又在那堵陡峭的墙上搭了两个石块，向橙色的立方体又更靠近了一点。目标近在咫尺，触手可及。

　　"游戏骑士"蹲了下来，把一只手放在命令方块上。他闭上眼睛，想象自己坐在电脑前。他把注意力集中在他喜欢用的鼠标上，想象自己将光标移动到命令方块上。他用尽全力集中意念，试着在大脑中准确地点击命令方块。这时，一连串字母出现在他的脑海里，他被眼前的景象震惊了——命令方块被激活后，程序会在平台上生成一百只蜘蛛姐妹和五十只蜘蛛兄弟。如果沙瓦拉克打开了开关，那么所有人都死定了。

　　他试图删除程序，但不知怎么，他根本没法做到。

　　要是不能删除程序，那就试试能不能修改它，"游戏骑士"想。

　　"游戏骑士"用大脑控制自己的手，把注意力集中在鼠标上，想象着命令方块有一部分被选中，然后用他熟悉的数字代码替换掉一些。但是这个新程序会生效吗？他不确定。

　　就在这时，他听到了洞穴另一边传来水花四溅的声音。窄桥旁的所有骷髅都朝着声音的方向看去。但没有怪物愿意深入到黑暗中冒险：那些骷髅的胆子可不大。

　　洞穴另一边亮起了一道紫光，猎人和布奇站在齐膝深的水里。猎人抽出一支箭，射向空中。箭刚离开弓，箭头便立刻燃烧起来。

　　"是非玩家角色！"一个骷髅大喊，"洞穴里有非玩家角色！"

　　猎人转过身，朝那个骷髅射了一箭，接着又射出了两箭，声音立刻消失了，骨头散落在地上。可为时已晚，已经有两个骷髅过了桥去找更多的帮手。他们跑得太远，已经无法阻止了。

　　这时，猎人附近响起了一声巨响。"游戏骑士"看着战士们从高高的洞壁上跳下来，落下三十个方块的高度后，直直地落到圆石平台上的水里，液体缓冲了他们的坠落。战士们一落地就涉水而出，立即用石头和泥土建造防御工事。他们从一块块圆石后面探出身子，向朝他们冲来的骷髅开火。

　　这时，洞穴中响起了一阵嘈杂声，听上去像是无数根木棍互相摩擦发出的咔嚓声。只见收割者跑过窄桥，身后跟着至少一百个骷髅。继续躲在暗处已经没有意义了，他必须到桥的另一头去阻止这群暴徒！

"游戏骑士"脱下铁盔甲，换上附魔钻石盔甲。右手拿着钻石剑，左手拿着盾牌，全速向骷髅冲过去。

"为了《我的世界》，冲啊！"

回声让人感觉他身后跟着五十个战士，吓得那群骷髅直哆嗦，这正中"游戏骑士"的下怀。他冲进桥边的骷髅群中，用盾牌猛击怪物，然后迅速刺了三下。怪物"砰"的一声消失了。"游戏骑士"转过头面向窄桥，希望村民和伙伴们能解决其他骷髅。

当啷！一支箭从盾牌上弹开。他刚一回头，就看到骷髅之王又拔出了另一支箭，锋利的箭头直指他的脑袋。"游戏骑士"立即举起盾，箭又被弹开了。

"你居然自己送上门来，真是傻到了家，'游戏骑士'。"骷髅之王尖声叫嚣。

"就让我们看看谁才是真正的傻瓜吧。""游戏骑士"毫不示弱。

他向桥的尽头走去，但还没走几步，就感觉后背一阵疼痛。他急忙转身，看见两个骷髅正对着他，它们各自又抽出了一支箭，还没来得及射出，"游戏骑士"就冲了上去，用盾牌挡在自己面前。又一支箭射中了他的背部，疼痛像火一样灼烧着他的身体。桥下传来阵阵尖笑声，"游戏骑士"知道那是收割者发出的声音。

骷髅太多了，我不能再待在这儿，"游戏骑士"想。

"'游戏骑士'，快回来！"猎人在新建的防御工事后面大喊。

"游戏骑士"转过身来稳步往后退去，留心不让自己摔下去，还要用盾牌防御致命的弓箭。猎人和小裁缝跑到"游戏骑士"身边，朝最近的骷髅射箭，把他们逼了回去，让"游戏骑士"有转身逃走的时间。几秒钟后，大家都安全地躲到了新建成的防御工事后面。

"看定时器！"克拉夫特大喊。

所有人都转过身来，抬头看着洞穴另一边的发光显示屏——数字从11跳到了10。靠近喷涌岩浆的红石灯无情地闪烁着，预示着倒计时即将结束。

"我们得抓紧时间，"布奇说，"我看到另一座窄桥通向黑暗的洞穴。地板上到处都是石块，那些肯定是命令方块。"

"我们到那边去，把所有的红石都拆了。"挖掘工说。

"太多了，""游戏骑士"说，"不可能全部都拆掉。"

"至少可以拯救一些村庄啊。"克拉夫特极力劝说道。

"太迟了，"小裁缝说，"看那边！"

又有五十个骷髅从阴影中冒了出来，穿过通往命令方块的窄桥。现在，所有的骷髅都穿过了圆石平台。他们被包围了。

"游戏骑士"叹了口气。

一声咔嗒声在洞壁中回荡。在一个单独的命令方块附近，一团黑色的阴影从下方移动到平台的边缘，出现在亮光中。几只明亮的紫色眼睛在黑暗中闪闪发光，充满了仇恨和愤怒。

"咝咝……'游戏骑士'，你不该来这里，"沙瓦拉克说，"你真是个傻瓜，居然来挑战我的能力。"

"我会不惜一切代价保护《我的世界》中的村民。""游戏骑士"不甘示弱地对沙瓦拉克喊道，他试图让自己的声音听起来很坚定，结果他的声音因恐惧显得有些沙哑。

骷髅们都笑了起来。

"听起来你真的很自信。"骷髅之王穿过平台，站在蜘蛛女王的身边喊道。

"这是HIM的洞穴……咝咝……这里没有你的容身之地。"沙瓦拉克说，"但我允许你亲眼看看他的复仇行动。"

"不管怎样我们都会打败你，蜘蛛。""游戏骑士"的声音听起来更弱了。

蜘蛛女王笑了。"是你公然反抗HIM……咝咝……才给《我的世界》的村民带来了这样的命运。"蜘蛛女王说，"你要为他们所有人的死亡负责。"

"不，""游戏骑士"辩解道，"不是这样的。"

他的双腿不停地颤抖，声音渐弱。他看了看周围的骷髅，知道敌众我寡，他们没法逃跑，也几乎没有机会在这场战斗中活下来。他瞥了一眼定时器，数字跳到了9，时间所剩无几。

"HIM总是告诉我们，你是个懦夫，"蜘蛛女王说，她的眼睛里闪烁着仇恨的光芒，"现在他的说法得到了证实，你确实是个懦夫。"

"不是……""游戏骑士"说，但沙瓦拉克的话触动了他的神经。

HIM无法决定我是个什么样的人，"游戏骑士"想，只有我自己可以。他的行为说明了他才是真正的怪物，而我不是。

"游戏骑士"拔出钻石剑，跨过防御工事，站在空地上。

"HIM那个怪物不能定义我是什么样的人，只有我的选择和行为才能定义我自己。""游戏骑士"说。

他站得更直了。克拉夫特说得没错，村民们的死亡不是我的错，"游戏骑士"暗想，这都是HIM的错。我竭尽所能做了该做的一切，我们已经摧毁了那个怪物……建造命令方块装置的不是我，启动定时器的也不是我，是HIM！我要阻止这一切发生。

但如果HIM还活着怎么办？一个让他恐惧的念头又冒了出来。

"不，我看到电脑已经被毁了，"他轻声地自言自语，"我看到硬盘和电脑芯片已经粉碎成无数碎块，HIM肯定已经不存在了。"

"游戏骑士"试图驱赶内心的恐惧，但HIM是死是活他还是不确定，他心中一直藏着这个疑问，如同一个挥之不去的噩梦。

"不，""游戏骑士"说，"我要掌握自己的命运，悲剧绝不会再发生了！"

他想起自己所做的一切，帮助过的所有人，顿时全身都充满了勇气。勇气驱走了他心中的愧疚和疑虑，"游戏骑士"抬头怒视蜘蛛女王，拔出他的铁剑，又向前迈了一步。骷髅想要攻击他，但蜘蛛女王举起一只爪子，让这些怪物停了下来。

"就像HIM常说的那样……你的话软弱无力。"沙瓦拉克吐了口口水，"我唯一的希望就是创造者能在这里见证你的毁灭。"

"是吗？""游戏骑士"毫不退缩，"你很想念你那高贵的创造者吗？"

他脑海里的疑虑被沙瓦拉克的话打消了。HIM已经不在了！他朝身后的克拉夫特瞥了一眼。那个男孩挑了挑一边的眉毛，脸上露出恍然大悟的表情。

"如果他在这里……他会亲手毁了你，"蜘蛛女王叫嚣道，"但他在报复现实世界。"

"游戏骑士"笑了。

"被你奉若神明的创造者在互联网上一事无成。我们把他困在一个小电脑里，然后用一把生锈的旧铁锤砸烂了，"他停顿了一会儿，冲蜘蛛女王笑了笑，"如果HIM正在摧毁现实世界，你认为我能再次回到《我的世界》里来吗？我还有时间来玩电脑游戏吗？"

"不！"蜘蛛女王大声喊道，"他正在毁灭……我们说的'物质世界'。他说他会成功，然后他会把我们带去那个世界。"

"现在看看谁才是傻瓜，""游戏骑士"笑了，"我摧毁了HIM，就像删除了一个没有用处的程序。与他有关的一切都消失了，就像他从没存在过。"

沙瓦拉克的眼睛闪耀着明亮的紫色，满是仇恨。接着，紫色的光芒照亮了房间，"游戏骑士"看见另一个平台上有许多命令方块。

"你以为HIM的一切都消失了吗？"蜘蛛女王问，"那么……让我来给你看看他给你留下了什么……一份专为此时此刻准备的特别的礼物。"

她将一只丑陋、弯曲的爪子放在命令方块旁边的操作杆上，并且缓缓推动它。起初操作杆缓慢移动，转到了正确的位置后发出"咔"的一声——命令方块激活了它周围的红石。

"游戏骑士"和沙瓦拉克之间出现亮光。他仿佛看见怪物出现了，数以百计的红眼睛正盯着自己，让他不禁倒吸了一口凉气。

第二十五章
大战沙瓦拉克

狼群盯着"游戏骑士"，它们身上的毛因为愤怒竖了起来，尾巴像白色的匕首一样笔直地竖着。显然，狼群处于盛怒之中，它们感觉到自己的宿敌——骷髅就在附近。它们齐刷刷地转身扑向骷髅，用有力的牙齿撕咬着怪物。

"你成功了！"克拉夫特的声音盖过狼群的嚎叫声，朝"游戏骑士"大声喊道，"你改变了命令方块！蜘蛛女王没有召唤出蜘蛛。"

"她看起来有点不安。"挖掘工补充道。

蜘蛛女王的眼睛闪耀着明亮的紫光，满是仇恨。这时，一只狼痛苦地尖叫着，一支箭射进了它身体的一侧。

"不！"牧人大叫。

瘦高的男孩跳过防御工事，拿着一把铁剑向前冲去。其他人也拔出武器砍向骷髅。

蜘蛛女王怒视着"游戏骑士"，问："你对创造者的命令方块做了什么？"

"我重新编程了呀，""游戏骑士"喊道，"不知道如何使用命令方块，我就成不了'破坏者之王'。"他朝敌人笑了笑。

一只狼朝沙瓦拉克扑了过去。蜘蛛女王灵活地移到一边，伸出她邪恶的弯爪，用爪尖撕扯着这只可怜的动物，消耗它的生命值。这只狼尖叫一声就消失了。

"离它们远点！"牧人尖叫起来，朝蜘蛛冲去。

"牧人，不！""游戏骑士"大喊，可惜为时已晚。

牧人向蜘蛛女王跑去，同时把铁剑举了起来。"游戏骑士"知道牧人根本不会用剑，他必须赶在牧人之前冲到怪物那里。

"为了《我的世界》！"他大喊一句，奔向蜘蛛女王。

沙瓦拉克避开了牧人，直奔"游戏骑士"。他们跳到空中，撞了个满怀。蜘蛛女王的爪子已经抓到了"游戏骑士"变得脆弱的盔甲，在闪亮的表面上划出了一道深深的裂痕。"游戏骑士"用钻石剑刺向蜘蛛女王，但她用一只后爪挡开了重击。

"你干扰了……咝咝……创造者的计划，"蜘蛛女王气急败坏道，"他的命令很清楚，我们要消灭所有反对他的人……咝咝……让他的装置毁灭《我的世界》。"

"只要我能阻止你，这一切就不会发生了。""游戏骑士"咆哮道。

他举着铁剑猛冲向前，砍向怪物，然后换了把钻石剑。他击中了蜘蛛女王的一条腿，她的身上闪了道红光，但很快，蜘蛛女王反击了，她把爪子深深刺入"游戏骑士"的钻石护腿。"游戏骑士"痛苦地尖叫起来。

　　但他没有迟疑，又向前冲去，两把剑同时劈下来。这本该是致命的一击，但沙瓦拉克跑得太快了。她虽比上任女王夏库路德个头小，但速度却快得多。"游戏骑士"的剑没砍中她，劈在圆石地板上。同时他侧过身子，及时躲开了头上的一只爪子。等他刚要站起来时，却发现自己的右脚粘在了一张蜘蛛网里。

　　"今天就是你的忌日！"蜘蛛女王大声喊道。

　　"跟上任蜘蛛女王一样，你们的废话都太多了。""游戏骑士"啐了她一口。

　　他用两把剑砍向蜘蛛网，猛击两次才把蜘蛛网砍断。他移到右边，绕过对手，寻找可利用的破绽。

　　"创造者说装置启动的时候……咝咝……你会出现在这里，"沙瓦拉克继续说，"他给你留了个口信……咝咝……他说，如果你不跟他作对，他会放过这些村民……咝咝……还说发生这一切都是你的错。"

　　"游戏骑士"能想象到HIM说这话的样子。那个智能病毒有一种控制对手情绪的方法，即使被毁灭了也能做到，就像幽灵一般。

　　蜘蛛女王继续说："等我解决了你……咝咝……再去折磨那边那个身材瘦长的男孩。是你逼我这样做的，你要承担后果。"

　　突然，《我的世界》的音乐在"游戏骑士"的脑海中响起，抒情的音调驱走了他的疑虑和恐惧，他鼓足勇气，他已经知道真相了。

"你的话是不可能影响我的，蜘蛛，""游戏骑士"讽刺地说，"我的命运掌握在我自己手上，就像你的命运掌握在你手上一样。如果你敢把爪子伸向我的朋友，我一定不会放过你。"

"游戏骑士"绕到左边，想搞清骷髅之王的踪迹，但他好像在阴影里消失了一样。就在这时，蜘蛛发出的咔嗒声在墙壁间回响，五六个怪物从墙上爬了下来。

"你看，我的仆人……嗞嗞……终于来了，"蜘蛛女王说，"我的蜘蛛大军一定会把你们统统消灭。"

"游戏骑士"笑了笑。

"你只剩下这点残兵败将了。我们已经把你所有的蜘蛛都消灭干净了。"他向前迈了一步，把钻石剑放在地上，"一切都结束了。投降吧，停止你的暴行。"

"休想！"沙瓦拉克怒吼一声。

她向前冲去，但"游戏骑士"已经做好了准备。他滚向右边，在蜘蛛女王掠过他头顶的时候，他举起铁剑刺向她，顿时蜘蛛女王浑身闪着红光。

"游戏骑士"站起来转身直面敌人，举起了他的钻石剑，及时挡住了即将击中自己胸部的爪子，可另一只爪子从他的腿上划了过去。他痛得退了一步，但立即站稳了身子。

他握紧两把剑，准备再次抵挡对手的进攻。但是蜘蛛女王并没有向前冲，而是射出几张蜘蛛网，困住了"游戏骑士"的脚。当他挥剑斩向粘连在一起的蛛丝时，蜘蛛女王趁机一爪子劈在他的背上。

疼痛沿着他的后背蔓延开来。他想一个翻滚躲开，但脚还粘在地上。

另一张白色的蜘蛛网从空中飞来，粘住了他的左手，把铁剑也困在了蜘蛛网里。"游戏骑士"挥舞着钻石剑，费力砍断了蛛丝。但紧接着，又一张蜘蛛网出现了，战斗越发艰难。

蜘蛛女王趁机把另一只爪子刺进"游戏骑士"盔甲上的裂口中，"游戏骑士"疼得无法呼吸。

"你也就只有这两下子。"沙瓦拉克声音嘶哑。

她再次发起攻击，这次，她的爪子钩住"游戏骑士"的腿。弯曲的爪子猛击钻石护腿，不一会儿钻石护腿就被击碎了。

"现在我要做上任女王没完成的事——消灭'游戏骑士'！"蜘蛛女王向他冲去，眼睛闪烁着仇恨的光芒。

忽然，山洞里响起一个声音。

"为了'游戏骑士'！"两支火红的箭划过空中，直接越过"游戏骑士"的肩膀，射中了蜘蛛女王，将她逼得往后退了一步。接着又有两支箭从"游戏骑士"耳边呼啸而过，再次击中了她。最后两支箭射中了蜘蛛女王的胸部，耗尽了她剩下的生命值。蜘蛛女王一脸震惊，紫色的眼睛里充满了恐惧，然后"砰"的一声消失了。

第二十六章
蜘蛛骑士

"看定时器！"克拉夫特大喊。

"游戏骑士"转过身看向墙上的定时器，上面的数字已经跳到了8。他迅速砍断困住自己的蜘蛛网，然后穿过战场，用两把剑在骷髅群中杀出一条路来。他飞快地朝通向命令方块的窄桥跑去。刚到桥头，一个苍白的身影就像幽灵一样从阴影中出现了。

"我猜你已经解决了那只愚蠢的蜘蛛，"骷髅之王在黑暗中说，"现在你得过我这关。"

骷髅之王从黑暗中慢慢走了出来，很快他苍白的骨头就清晰可辨了，但奇怪的是，他的腿似乎没有动。

"'游戏骑士'，是时候毁灭你了。"

"游戏骑士"似乎看到有八个红点在他的身下移动着。骷髅之王靠近的时候，红点不停地闪烁，但"游戏骑士"仍不知道那是什么。等骷髅之王移动到红石火把投射出的昏暗光圈中，八条毛茸茸的黑腿从他下面的阴影中显现出来。

"游戏骑士"惊呆了——骷髅之王骑着一只蜘蛛，他变成了蜘蛛骑士！"游戏骑士"只在网上看到过这种怪物，从来没有和他们战斗过。这种怪物很难对付：如果你离远了，骷髅的弓会瞄准你；一旦你靠得近了，蜘蛛的弯爪又会向你刺来。看到这个怪物组合，"游戏骑士"吓得浑身发抖，随后他又看了看远处墙上的定时器。数字已经从7变成6。"游戏骑士"抑制住内心的恐惧，瞪着怪物。

"HIM被摧毁了，他对主世界的破坏行动已经结束了，""游戏骑士"说，"现在只剩下你身后的命令方块。"

"自以为是的家伙。"骷髅之王哈哈大笑，朝他狡黠一笑，这让"游戏骑士"不由得愣住了。

这是HIM的最后一招吗？他想。

"废话少说，到了惩罚你的时候了。"骷髅之王尖声说。

骷髅之王冲上通向命令方块的窄桥，停在桥中间，颇有"一夫当关，万夫莫开"的气势。骷髅之王射出的锋利的箭头划过"游戏骑士"的肩膀，险些击中他。他躲开攻击后，立刻冲上窄桥，举剑对准蜘蛛的头砍了下去。那个巨大的怪物后退了一步，发出咝咝的叫声，眼睛因仇恨发出红光。"游戏骑士"一跃而起，用剑刺向骷髅之王，让这个怪物失去了平衡，等他落到地面后，立刻用双剑劈向蜘蛛的肩膀。怪物痛苦地尖叫着，浑身闪着红光。不等怪物反应过来，"游戏骑士"就疯狂地挥舞着剑。骷髅之王迅速后退，离命令方块更近了一点，这时他连忙射出另一支箭，射中了"游戏骑士"的身体，疼痛再次在"游戏骑士"身上蔓延开来。

"'游戏骑士'。"一个声音从他身后传来。他回头瞥了一眼，看到挖掘工正从圆石平台上跑过来，一副忧心忡忡的样子。

"决一死战。"挖掘工大喊一声，然后把铁镐抛向空中。

"游戏骑士"明白了他的意思，于是扔下铁剑，伸手去接铁镐。他瞥了一眼定时器，数字已经跳到5了。

骷髅之王再次向他射箭，"游戏骑士"用铁镐轻易地挡住了这支箭。他走近一些，然后挖了一个坑。

"你以为这样做就能保护你自己？HIM果然没说错，你很愚蠢。"骷髅之王说。

这个合体的怪物离挖出来的坑还很远。他得让他们离得更近些。

"游戏骑士"走到坑的边缘，收起钻石剑，把镐换到右手。骷髅之王趁机又射了一箭，但没有射中。

"来呀，胆小鬼。""游戏骑士"说。

骷髅之王笑了。

"我可不傻。"骷髅之王说着又接连向他射出两箭。"游戏骑士"用手腕轻轻一挥，把第一支箭打到了一旁，但第二支还是射中了他的腿，使他的生命值一下子降得很低。

得想办法让他们靠近点儿，"游戏骑士"想。

"收割者，蜘蛛女王被我杀死之前曾经哀求我放过她。"

　　"游戏骑士"骗他说。骷髅之王身下的蜘蛛停了下来，瞪着"游戏骑士"，"她说她知道自己的军队不堪一击，因为所有的蜘蛛都是胆小鬼。看看你的周围，谁也没有勇气保护她。"

　　骷髅之王身下的那只蜘蛛把上下颚合上，眼睛闪着明亮的红光。

　　"你知道她临死前说了什么吗？""游戏骑士"继续挑拨。

　　"闭嘴！"骷髅之王大喊，"你在说谎。"

　　"蜘蛛女王说，她希望自己是只愚蠢的苦力怕，这样她就可以引爆自己，结束自己悲惨、可怜、无用的生命，不再为自己的手下感到羞耻。"

　　"没人可以这么说沙瓦拉克。"蜘蛛咬牙切齿地说。

　　"她求我饶她一命，称我是她的创造者。""游戏骑士"轻蔑地一笑。

　　"不……不！"蜘蛛大声喊道。

　　"别听他的！"骷髅之王命令道，但是他身下的蜘蛛已经失控了。

　　蜘蛛向前冲去，红红的眼睛里闪烁着仇恨的光芒。

　　我得把握好时机，否则就必死无疑，"游戏骑士"想。

　　蜘蛛冲过狭窄的石桥，靠近那个坑的时候，他准备跳起来。但还没等他腾空，"游戏骑士"就用挖掘工的镐击碎了他们面前的一块石头。这个巨大的怪物立刻意识到对手的用意，想要停下来，但惯性推着他继续前进。

　　"游戏骑士"没有理会骷髅之王，不断砸着桥上的圆石方块，直到桥面出现了一条裂缝，一直延伸到蜘蛛站着的那个方块，方块很快便化为乌有。蜘蛛乱了阵脚，想要抓住身后方块的边缘，但还是坠入了桥下的深渊。

　　怪物被黑暗吞没了，蜘蛛的尖叫声里夹杂着骷髅之王绝望的哀号声。骷髅之王也被消灭了。

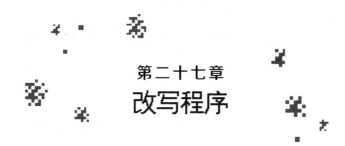

第二十七章
改写程序

汗水从"游戏骑士"的额头上淌下来。他用手擦了擦，抬头看着定时器，现在上面显示的数字变成了4。他必须加快速度。

他从工具包中掏出一块圆石，放在断桥上蜘蛛掉下的空隙处，接着又放了一块，这才把桥面上的裂缝补好。跑过桥后，"游戏骑士"发现自己身处数百个命令方块中，所有命令方块都被红石电线连接在了一起。他手里拿着火把，在一堆橙色方块中奔跑，寻找在暗处控制它们的那个方块。

"一定在这里的某个地方。""游戏骑士"自言自语。

"你在找什么？"克拉夫特的声音从他后面传来。

"找到控制所有命令方块的主方块。""游戏骑士"解释道。

"为什么不直接打破红石电路呢？"挖掘工的声音在房间里回荡。

"游戏骑士"回头看了一眼，看见朋友们正朝他跑来。他又瞥了一眼定时器，发现数字已经变成了3。

"没时间了，我必须找到主控制方块。""游戏骑士"说，"你们两个去破坏红石电路吧。每断开一个命令方块，就能救下一个村庄。"

"游戏骑士"转过身来，把铁镐扔回给挖掘工，然后冲进了命令方块方阵中。突然，他被绊了一下，跌倒在地上。这里光线暗淡，很难看清路。唯一的光源就是那个巨大的岩浆池，岩浆正从墙壁上的洞里流出来。

岩浆池中的岩浆几乎和喷出岩浆的洞穴一样高。咔嗒声在房间里回荡。他又抬头看了一眼，显示器上的数字跳到了2。

我必须再快点，他想，如果我要把大量岩浆从那个岩浆池传送到村庄，我会把主控制方块放在哪里？

他聚精会神地看着沸腾的岩浆池，终于看到了它：那是一个单独放置的命令方块，就在跳动的红石灯下面。

"就是它！""游戏骑士"大喊着冲过去。

他朝那个跳动的红石灯飞奔而去，顾不上腿上和胸口的疼痛。他抬头一看，发现定时器上的数字从2变成了1。他知道自己没有时间把地板上的红石电路都打碎。他唯一的办法就是改写程序。

他以最快的速度越过最后几个命令方块。还有两步远的时候，他伸出右手，跃向空中。"砰"的一声落地后，他将自己的意念融进了命令方块里。他在那里看到了代码，找到了正在寻找的指令，紧接着又找到了项目代码：它被设置为10——

岩浆。

他很害怕。要是代码没有输对的话，大家可能都会被毁灭。

他迅速想了想，他必须把表示岩浆的代码改成别的代码……这时1、7、5这几个数字在他的脑海里蹦了出来。就在他将岩浆代码换成编号175的瞬间，红石灯刚好停止了跳动，散发出亮度恒定的光芒。连接着红石灯的红石轨迹变得充满生气，散发着邪恶的红光。

"游戏骑士"站在那儿，看着红石线开始亮起来，在一大片命令方块中铺展开来。随着信号在命令方块中继续传播，红石轨迹变得越来越亮。他扫了一眼头顶，看到定时器上的数字显示为0。

"希望我没做错。""游戏骑士"喃喃自语。

"我们得出去看看，不然怎么知道发生了什么呢？"克拉夫特说。

"怎么处理那些骷髅？""游戏骑士"问。

克拉夫特指向了大圆石平台，那里到处都是发光的经验值球和白骨。狼群的白色皮毛在暗淡的光线下闪闪发光。

"狼会对付骷髅的，"挖掘工一边说一边走近，"有几个从洞里跑掉了，不过狼已经追了出去。我想，它们不会跑得太远。"

克拉夫特走到"游戏骑士"的身边，把手搭在他的肩膀上，安慰着他。

"你已经尽力了。"克拉夫特说。

　　"我们得打破所有的红石，" "游戏骑士"说着，拿出一把铁锹，开始打破发光的红石电路。

　　更多的人加入进来，很快，到处都是工具打碎红石的声音，发光的线条慢慢熄灭。做完这些后，"游戏骑士"放下铁锹，穿过窄桥，站在巨大的圆石平台上。所有人都围着他，用一种不确定的眼神看着他。

　　"我已经改写了程序，" "游戏骑士"解释说，"不知道有没有起作用。"

　　"那我们出去看看。"布奇的声音很洪亮。

　　"待在这里不能解决问题。"挖掘工的声音与布奇一样响亮，"我们走吧。"

　　"游戏骑士"点了点头，转身向洞口走去。

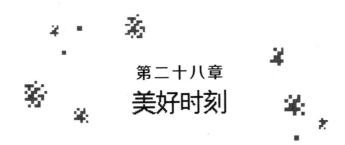

第二十八章
美好时刻

捕猎者领着队伍穿过迷宫般的隧道，回到了地面上。他们按原来的路线走到了奥林匹斯山侧面的巨大开口处。他们的马仍拴在篱笆桩上。当初他们刚来到山顶的时候，马的数量不够，他们要两个人坐一匹马。而现在，每人都能单独骑一匹马了。

"游戏骑士"叹了口气，这才意识到很多人在这场战斗中牺牲了。

布奇带着大家离开了大山，走进悬崖群系。他们迈着稳健的步伐，迅速离开了岩石地带，进入了森林。走进五彩缤纷的林地后，大家都松了一口气。在这之前，他们还没意识到悬崖群系里灰蒙蒙的石头和沙砾是多么令人厌倦。现在看到五颜六色的花与葱郁的绿草，他们才真正感到心旷神怡。

跟随队伍前进的狼群迅速分散到森林里，它们非常高兴离开了大山。

"真舍不得你们，我的朋友们。"牧人朝消失在树林里的动物们大喊。

"它们真的给了我们很大的帮助。"克拉夫特对身后骑在一匹有着黑白斑纹的高头大马上的牧人说。

"我知道。"牧人应了一句，脸上挂着笑容。

"剩下的狼呢？""游戏骑士"问。

他低头看着九只幸存下来的狼，它们在旅途中一直跟随着队伍。它们抬起头来看着"游戏骑士"，眼神中充满了骄傲和自豪，红色的项圈在它们白色的皮毛上格外醒目。

"它们会一直跟着我们回家，"牧人解释说，"我已经驯服了它们，它们不会离开我的。"

"我还真喜欢和它们在一起，"猎人补充了一句，"有狼在身边总是好的。你永远不知道什么时候会需要它们。毕竟，谁都不知道阴影里藏着什么东西。"

"也许你应该派它们去我们附近巡逻。"克拉夫特提议。

"说得没错。"牧人附和道。

他扫了一眼狼群，对块头最大的头狼说了一句："防守。"领头的公狼立即嚎叫了一声，从他们身边飞奔而去，其他的狼也选择了往不同的方向跑去。几秒钟后，狼群就在大家的周围形成了一个保护圈，这让大家都松了一口气。

他们手里拿着弓，在寂静的森林中继续前进，眼睛不停地在阴影中搜寻怪物。到了日落时分，他们到达了曾被岩浆摧毁的沙漠村庄。

"你觉得有什么不一样吗？"克拉夫特问"游戏骑士"。

他打量着圆石和黑曜石堆。

"没有什么变化。""游戏骑士"回答说。

"这是个好兆头。"小裁缝说。

"可我不敢确定,""游戏骑士"回答道,"这个村庄很有可能不是那个洞穴中的命令方块的目标。毕竟它已经被摧毁了,不用再遭受攻击。"

"也许你是对的。"小裁缝伸着懒腰打了个哈欠。他们一行人都累坏了。

"我们得在这儿扎营过夜。"布奇说。

"在营地周围建立防御工事,不然会有怪物入侵的。"挖掘工提醒道。

所有人迅速在营地周围放置石块。他们从身后的废墟中拿出需要的东西,废墟有的地方还是温热的。

天空从湛蓝色变成了温暖的红橙色,随后变成了点缀着星星的黑色。营地里安静下来,许多人都睡着了,但"游戏骑士"没有。他还在为无数村庄的命运担忧。

我到底有没有及时修改代码?"游戏骑士"在心里想,我把代码改成了什么?

当时时间很紧急,他连代码的数字都记不起来了。但如果他把表示岩浆的代码改成了表示沙子或铁块之类的数字,那也是致命的。不过,他至少没有把它改成水,不然那又会是一场灾难。水的代码只有一个数字,"游戏骑士"知道自己输入了三个数字……

反正也睡不着，他自愿守夜。他知道狼也在外面盯着，但他觉得还是要有一个人保持清醒，观察周围的情况比较好。

"游戏骑士"轻轻穿过营地，听着森林的声音。他能听到绵羊咩咩的叫声，偶尔也能听到牛的哞哞叫声。不过，他并没有听到怪物的声音，也没有发现有人接近他们，虽然他希望会有这些状况出现。独自思考是一种折磨，"游戏骑士"想象着每一种可能发生的后果，恐怖的画面一个接一个地在他脑子里闪过。这时，天空散发出柔和的橙色光芒，太阳从东方的地平线上探出头来，他的心情轻松了一些。

"游戏骑士"迅速叫醒大家，开始拆除昨日黄昏时建造的路障和防御工事。太阳还没升到高空，所有人都已经熟练地拆除完毕，朝着布奇的村庄前进了。

他们忐忑地朝着目的地前进，一方面是因为路途遥远，另一方面是因为他们很紧张……不，是害怕。每个人都知道只有两种可能：要么布奇的村庄会像前面经过的那个一样被摧毁，要么完好如初。没有第三种可能。

他们先是小跑，继而快速奔跑起来，他们离开沙漠，进入草原群系的丘陵地带，布奇催促着大家快点前行。前面是一座约十二个方块高的小山。"游戏骑士"记得村庄就在那个长满草的小山丘后面。

离山丘越来越接近的时候，布奇突然停住了。

"怎么了？"挖掘工问。

"我害怕。"他低声说，不想让别人听到。

"我也是。""游戏骑士"移到他身边接了一句。

他们对视了一眼，从对方的眼中看到了恐惧。

"你们都留在这儿，"挖掘工说，"我去山顶看看，你们在这里等着。"

"游戏骑士"和布奇点了点头，看着挖掘工骑马上了山。

他那匹高大的白马大步登上了山坡，轻松地爬到了坡顶。到了山顶后，他却只是站在那里，目不转睛地盯着远处的村庄，一动也不动。

"我不确定这是好兆头还是坏兆头。"布奇十分害怕。

挖掘工转过身来，示意他们到山顶上来。"游戏骑士"和布奇看着对方，眼里都充满了担忧。

"无论什么结果，我们都必须面对。"布奇说。

"游戏骑士"点了点头，什么也没说。

两人驱使着马儿往前走，慢慢向山上跑去，其余的人紧随其后。小裁缝突然出现在"游戏骑士"的身边。"游戏骑士"很开心她能跟来。猎人从另一边追了上来，红色鬈发在她肩膀上晃动。

"我们不会让你一个人面对结果的。"猎人一边说，一边看着他，褐色的眼睛里充满了理解。他以前从来没有注意到她眼睛的颜色，这让他想到了浓巧克力。

　　"没错，"小裁缝附和道，"我们是一家人，理应共同面对。"

　　"游戏骑士"一言不发，泪水夺眶而出。他很感激在他生命中最糟糕的时刻，有朋友们陪伴在身旁。

　　快要到山顶了，"游戏骑士"闭上了眼睛，紧张极了。登顶时，所有人都不约而同屏住了呼吸，保持沉默。

　　"怎么了？""游戏骑士"问。

　　"睁开眼睛。"小裁缝说。

　　"到底怎么了？"他很忐忑，又问了一遍。

　　这时，猎人靠近他，用温柔的声音在他耳边低语："快看。"

　　"游戏骑士"慢慢睁开眼睛，深吸了一口气。面前的村庄没有被岩浆覆盖，只有一片向日葵。几乎每一块土壤中都长出了这种高大的植物，向日葵黄色的脸庞面对着"游戏骑士"。此时，它们正对着他微笑。这可不是什么最糟糕的时刻——这是他一生中最美好的时刻。